MIGHTY ORIGIN LITERATURE

天眼：阿特追案录

阿特 著

台海出版社

图书在版编目（ＣＩＰ）数据

天眼 : 阿特追案录 / 阿特著 . -- 北京 : 台海出版
社 , 2023.12

ISBN 978-7-5168-3700-9

Ⅰ . ①天… Ⅱ . ①阿… Ⅲ . ①推理小说 – 中国 – 当代

Ⅳ . ① I247.5

中国国家版本馆 CIP 数据核字（2023）第 202517 号

天眼：阿特追案录

著　者：阿　特

出版人：蔡　旭　　　　　　　　　责任编辑：戴　晨

出版发行：台海出版社

地　　址：北京市东城区景山东街 20 号　邮政编码：100009

电　　话：010-64041652（发行，邮购）

传　　真：010-84045799（总编室）

网　　址：www.taimeng.org.cn/thebs/default.htm

E－mail：thebs@126.com

经　　销：全国各地新华书店

印　　刷：天津明都商贸有限公司

本书如有破损、缺页、装订错误，请与本社联系调换

开　　本：880 毫米 × 1230 毫米　　　1/32

字　　数：184 千字　　　　　　印　　张：8.5

版　　次：2023 年 12 月第 1 版　　印　　次：2023 年 12 月第 1 次印刷

书　　号：ISBN 978-7-5168-3700-9

定　　价：49.80 元

网络是善与恶的放大场和催化剂
是人心最近和最远的距离

目录
CONTENTS

目录
CONTENTS

第一章
阿特

仲夏，烈日炎炎。

晌午时分，千江市西城区某警务站里，青年民警阿特正坐在值班电脑前浏览着每日警情。没有大事，风平浪静。

阿特本来打算稍事休息，突然手机上跳出来一条私信：

"阿特警官，我报案！这边旧厂工地有个赌场，三点就要上课（开赌），快来啊！"

嘿，来活儿了！阿特一下站起来，一边手里飞快地回复对方，一边敲开了值班领导的门。"领导，我这边——"他晃晃手机，"又接到条消息，赌博。"

领导心领神会。

这个阿特，做视频已经有段时间了。一开始只是为了消遣，弄了个账号"警察阿特"记录自己的日常生活和工作，没想到网友们对警察生活很关注，涨粉非常快。正向反馈让他对这件

事更投入，更精心地制作视频的同时又加入了科普和警示的内容，慢慢走向正规，现在已经成了知名博主。越知名，越引人关注，时不时地就会有人给他留言或者发私信，通过他来举报一些事情。

俨然一个新的接警信息源。

现在领导对他弄出来的"花活"已经见怪不怪，不得不说，这种方式也还真挺有效。这边阿特已经开始汇报："估摸着这个人被'套笼子'了，所以来报案，想借咱们的手打击打击对方。"所谓"套笼子"，就是赌场里的庄和其他赌徒联手来围宰初来乍到的生面孔。有的赌徒被宰后就不再来了，也有的被多宰几刀后，便和下套人同流合污。这"套"与"被套"有时真的傻傻分不清楚。

"您看，时间、地点都很明确，还说可以给我们带路，挺真。"阿特把私信对话页面递给领导看，直接给领导看笑了：选择网络报案的人，有一部分就是为了模糊掉自身信息，但对方这看着像个老赌棍，可不能容他藏着了。回头再来查太麻烦，阿特一直推说工地太偏他找不到，逼报案人自己跳出来带路。

领导点点阿特的肩膀，说："你这粉丝可以啊，自己跳坑也要带路。快去！"

阿特"哎"了一声，转头就拿了几副铐子，别了几根甩棍，揣上两瓶辣椒水，带了几名辅警跳上越野车。几辆车按照私信的指引先去接上报案人。原来是一胖一瘦两名男子，站在路边目光游离，形容猥琐，见到几辆大越野停在面前，脸上既忐忑又期冀。阿特从车窗伸出脑袋，问："你俩报的案？"

"阿特！"胖瘦二人立马换了副神色，又是点头又是招手。

作为网络名人，阿特的脸现在能当招牌用了。

二人上了车，似乎被车内的气势压得有些紧张，相互看了一眼，尔后争先恐后地说道："……那工地就在……

"三点要上课……

"你们赶紧抓走这帮家伙……"

看着他俩的样子，听着他们的话，阿特已然心中有数。给跟车的辅警使了个眼色，脚下油门一踩，几辆车沿着逼仄的水泥大车路，悄然向位于城乡结合部的赌场驶去。

到了离赌场约一公里处，阿特带着两名辅警，身着便衣下了车。经验告诉他，这种位于工地的半开放式的职业赌场，四周一般都会放置"盯子"。他们伪装成村民模样，为赌场站岗放哨，发现情况就会通风报信。阿特提前下车就是要摸掉"盯子"，为抓捕组合围赌场扫清障碍。

果然，三人刚下车，阿特就看见约两百米远处的田埂上坐着一名中年男子，头戴草帽，赤裸上身，穿着短裤拖鞋。从他的动作判断，他也注意到了车队和阿特三人。

阿特不动声色，与两名辅警大声说笑，散步似的向男子靠近——心里念叨着，这可别是"盯子"啊，如果他是，那围捕行动可就暴露了。

然而事与愿违。那男子警惕地盯了他们一会儿，突然像受了惊吓的兔子，撒腿往赌场方向狂奔。

糟糕，暴露了！

"追！"阿特发出指令，同时打开对讲向队友通报，"要炸坝了。"这是行话，就是走漏了风声。

对讲机里传来领队的呼喊："所有人赶紧截过去，逮住一个算一个！"

路面上的越野车队急速扑向赌场，像追捕羚羊的猎豹。一时间，汽车发动机轰鸣声、轮胎摩擦路面声响彻工地。警用无人机伴着旋翼的嗡嗡声凌空而至，监控着整片区域，"猫鼠游戏"正式上演。

阿特三人紧跟"盯子"向赌场狂奔。"盯子"被乘车先到的民警截住，但远处的赌徒已经被惊动，藏于灌木林深处的赌场早已炸了锅，赌徒们呈发散状四下乱窜。阿特继续往前冲，38 摄氏度高温下一公里的奔袭煎烤着他的意志，职责和本能刺激着肾上腺素的分泌，T 恤上的汗早已蒸干，他跃入赌场区域，脑子里只有一个想法：抓住他们。

时不时有人被按倒在地，也有不少人正趁着地利试图突围。呼喝声四起。

一个干瘦的人影跟大黑耗子似的从林子中窜出来，正撞上阿特三人。"耗子"掉头就往林子里钻。阿特眼疾手快，一把抓住他的衣领，没想到衣服质量太差，"嘶"的一声下去，紧身 T 恤直接变成了一字肩。眼看"耗子"就要脱身，两个辅警扎进林子把他扑倒在地。

被压在地上的"耗子"扭来扭去，还在玩命挣扎，阿特从腰间摸出铐子，上前钳住他后脖颈，一声脆响，将"耗子"铐在地上。

"特哥，那边跑了一个。"身后的辅警指着西边喊道。

阿特抬眼望去，一个肥硕身影跳出灌木林，逃向西侧。他把"耗子"交给辅警，转身追了过去。那家伙那么胖，应该不会跑得太快吧。

　　没想到那胖子的体力却远超他的想象。赌场前方是犁松了的庄稼地——极可能是设赌场的人故意弄的——行走十分不便。两人一前一后相距十来米，深一脚浅一脚地往前奔。胖子玩命地跑，阿特拼命地追，两人距离肉眼可见的越来越近，渐渐可以听到对方如牛般的喘气声，可总是差那么几米。

　　阿特盘算着再加一把劲抓住对方，却见胖子突然纵身一跃，接着传来"噗通"的落水声。阿特赶前两步，爬上一截大田埂后发现，此处已是庄稼地的边缘，眼前是一方水塘。只是这水塘看着不小，却浅得很，水塘底下还全是淤泥。胖子一跳进去，淤泥瞬间往上泛，想往前游一步那得费老大劲。他狼狈地站起身子，看了看四周，见水仅及腰，气恼得直拍水。这一拍倒把自己弄得满头满脸的水和泥点，活像一只落汤鸡。

　　阿特立在岸上，弯着腰，喘着粗气，看着胖赌徒的狼狈样，真是又好气又好笑。

　　"你至于吗，多大事？还玩这跳水的把戏。"阿特调侃道。

　　胖子伸手抹去脸上的水，结果抹了一手的泥。他喘了一会儿，斜眼瞅着阿特，龇牙咧嘴地说："你至于吗？给你开多少工资，没见过像你这么卖命的。"

　　"你是在水里待爽了是吧？少废话，快上来！"

　　"不上，有本事，你就下来抓我啊！"

　　"赶紧上来。"阿特不耐烦地喊道。

胖子嚣张又戏谑地说道："你不是挺能跑吗，那有本事你下来抓我啊，你下来我就跟你回去。"

"你！……行，满足你一回。"阿特左右看了看，见同伴离得还远，瞅准位置，跳入水中，扑到胖子身旁，利落地抓住对方手腕，掰到身后。

"哎哟——慢点，兄弟，疼——我服了还不行吗？"

胖赌徒乖乖顺着阿特的用力方向弯下了腰。两人僵在一起，大口喘息着等待抓捕队员的到来。阿特看着阳光反射在水面上，不禁觉得眼前这一幕充满着一种荒诞感。要是给拍下来就好了，这期视频绝对好看！

可惜分身乏术。

没多会儿队友们赶了过来，一起将胖赌徒捞上岸，戴上手铐。阿特也利落地从池塘里跳上来。一名同事转头朝他笑笑，说："听说又是你粉丝立功了？"

正在清理身上泥水的阿特一脸得意地说："那是！怎么样，感受到我这网络名人的厉害了吧？"

同事捶了他一拳，说："给你臭屁的！"

这时，对讲机里传来领队的指令："所有人将抓获的人员、物品带到赌场集中！巡特支队的阿特，立刻到三号车报道！"

"找我干吗？"阿特诧异地问同事。

"听说是市局有人找你，还挺急，你赶紧去吧。这小子我们带走，功劳簿上给你记上一笔。"押着胖赌徒的警察说。

"市局找我！？"阿特摸了摸脑袋，不明所以。

第二章
天眼

阿特驾车往回赶，一路上心里直打鼓，反复检讨最近自己的言行，没发现什么不合规矩的地方。办案合规，做人低调，没有复杂的人际交往，现实中工作、生活都没毛病。

"莫非问题出在'警察阿特'上……"

这其实也是阿特一直怀有的隐忧。账号经营得挺顺利，粉丝越来越多，名气越来越大，但任何事都有两面，批评的声音也是一直没停过。有人说他标新立异，出风头，搞个人主义；有人说他开账号记录警察生活，有泄密风险；有人说他拿警察生活搞笑，有损队伍形象。风言风语有来自网友的，也有来自警队内部的。

有时候阿特也很迷茫，自己真的做得对吗？

让网友认识警察真实的工作与生活，向他们普及法律和安全知识，这些都很好，但是，如何把握那个"度"？

不管怎么说，上级一直没有对他的博主生涯发出禁令。

很庆幸，也很忐忑。

难道这次就要宣布禁令了？阿特后背发凉，不愿想下去了。

赶到市局的时候，阿特身上的 T 恤已经干了，上面还沾着泥块，平头短发也还冒着热气。

值班人员告诉他到小会议室开会。阿特顾不上换身衣服，心怀不安地来到会议室门前，做了两次深呼吸平复心情，才叩响了虚掩的门，说："报告，巡特警陈特前来报到！"

"进来！"一个熟悉的男中音传来。

阿特推门进屋。

椭圆形会议桌边围坐了三个人，正对门的是剑眉方目的王匡正副局长，黑脸精瘦的刑警支队队长陆忠明和戴着框架眼镜的政治处朱主任分坐两旁。

见到王匡正，阿特突突跳着的小心脏稍稍平稳了些。当初他警校毕业的时候，正是王匡正一手将他招进了千江市公安局，还说看中的就是他的综合素质还有那股子机灵劲。这样的领导应该不会对他的账号太下狠手吧？

三人见阿特一身狼狈的样子，不禁笑了起来。

"阿特，你这是去抓赌还是抓鱼啊？！"王匡正笑道。

阿特低头看了看自己这一身行头，不好意思地摸了摸脑袋，然后立正道："报告局长，在水塘里抓了个赌徒。"

王匡正微微颔首，眼里带着嘉许，然后收敛笑容，指着对面的空位说："过来坐。"

看着王局突然严肃的表情，阿特又开始有些紧张起来。

"是。"阿特应道，规规矩矩走到桌前坐好。

"陈特，找你来了解一点情况。"朱主任这时开了腔，"你是不是自己注册了一个短视频账号？"

"是的，主任，这个账号已经在局里备过案了。"阿特点头回答。果然是账号的事。他心里有些慌，表面却目光诚恳地望着朱主任，脑筋飞转，把这段时间上传的视频都过了一遍，思来想去，还是没有找到问题所在。

"现在有多少粉丝了？"朱主任又问。

"两千多吧。"

"才两千多？"朱主任诧异道。

"哦不是，是说，两千多万。"阿特感觉额头有汗渗出，比刚才抓赌还紧张。

"这还差不多，"朱主任喘了口气，"据说你的粉丝团时不时地给你提供点案件线索，在你们工作中发挥了不小的作用。"说到这里，朱主任和王匡正交换了一个眼神。

阿特的心又提起来，他拿不准这话到底什么意思，只好模棱两可地回答："嘿嘿，偶尔粉丝们也会帮点小忙，不过绝对不会影响我们执法的正当性，请主任放心。"

这严肃认真的一口官腔倒把朱主任逗笑了，连带着旁边的王副局长和刑警支队长也弯了弯嘴角。朱主任摆摆手道："你紧张个啥？"

没等阿特回话，王匡正坐正了身子，说："直接跟你说吧。现在局里有这么个想法，要征求一下你的意见。网络时代，我们公安机关也要与时俱进，与时代同步，但具体怎么操作，中间的度怎么把握，都需要仔细研究。你这个账号我们也了解了一下，可以说是先行开展了一些实践，为我们完善整体思路提供了经验——"听到此处，阿特已经显而易见地松了一口气，"现在我们打算，直接在你这个账号的基础上进行进一步的挖掘，把它打造成局里的官方平台，作为创新接警处警的一种尝试。这么说，你明白了吧？"

"明白明白！"没被批评还被表扬，阿特又眉飞色舞起来，"也就是说，不但让我继续做下去，而且还有局里给我撑腰！"

"什么鬼话！"朱主任笑骂了一句，"只要你做得对，做得好，什么时候没给你撑腰了？"

阿特摸着后脑勺讪笑不已。末了又问："那具体，怎么操作？"

王匡正看着他，竖起两根手指，说："我们的想法是，围绕你这个账号，专门调整人手开设一个工作室，这个工作室涉及两部分工作，也就是说，你要做两件事：第一，给这些人做培训，把你运营视频的经验教训传授给他们，主要是如何紧密而高效地和网友打交道，既不能官里官气，也不要过分跳脱；第二嘛……"他看了看一直没说话的刑警支队长陆忠明，"忠明，要不你来说？"

阿特的视线也随之转过去。对啊，这里头还有刑警的事儿？

"好的，王局。"陆忠明应道，然后看着阿特，正色道，"陈特同志，从明天起，你正式调入刑警支队第一大队三中队，全权负责天眼行动组的工作。"

"天眼行动组？！"

"对，局里决定，将新成立的视频运营工作室命名为'天眼'

工作室，与之对应，在刑警支队成立天眼行动小组，负责工作室的外场活动，比如就工作室获得的线索进行案情跟踪、第一手资源获取。当然，这些暂时都是试验性的。"

"行动组几个人？"

"目前——就你一人。"

"啊？光杆司令啊！"

"目前是这样，人手你自己组织。"陆忠明神色严肃地补充道，"小组为什么要放在刑警支队？因为从现在开始，所有类型的案子都允许你们去参与！在这个过程中，哪些东西可以说，说到什么程度，又什么时候说，如何既能保证与群众的紧密联系，又能安全有效地推进案件破解，都是需要你们严肃认真对待的。这个责任可不轻呐！"

阿特的面色也随着这番话变得凝重。但与此同时，又有一种新的期待在心里萌发。

"说白了，网络是我们贴近人民群众的一种方式。"朱主任接过话头，"技术日新月异，社会结构也在随之发生变化，但是对于我们警察来说，'人民警察为人民，人民警察靠人民'，这句话是不变的。我们一切的根本，就是要用更新的方法去融入人民群众，既成为他们的安全屏障，也从他们那里获得信息和支撑。过去有过去的手段，今天也要有今天的方法，这就要你们去摸索了。局里各部门都会给你们提供支援，但最终，这种方式可不可行，天眼的名号能不能打响，就都看你的了！"

"保证不辜负组织信任！"

阿特立正，郑重地敬礼。

第三章
余烬

傍晚时分，位于千江市远郊的湖里社区警务站，刺耳的电话铃声打破了夏日的宁静。

一只骨节分明、纤长皙白的手迅捷地抓起了听筒。

"你好，湖里警务站。"

"警察同志，不好啦！我家莉莉不见了！"听筒里传来一位中年妇女焦急的声音。但这丝毫没有影响接电话的人。接话人虽然皱了皱眉头，但声音依旧平稳。

"您别着急，有事我们来解决。您先告诉我您在哪儿，我们来与您会合。"

平静的语调让对方也略微放松了点。"好好好，我就在村东入口的马路边上，你们一来就能看到。"

"好的，我们马上到。"

接话人挂了电话，却没有立刻起身，只是盯着电话液晶屏上的号码。

"怎么了怎么了，什么事儿？"旁边的辅警小黄凑过来。这接了警怎么不动弹？

接话人回过神来，一边穿上单警装备，一边说："有人报案，说'她家莉莉'不见了。"

"啊，孩子丢了？！这不得赶紧的？"小黄扫了一眼接话人的记录，也赶紧拿上 PDA 终端，"得快，这保不齐遭了人贩子绑架，慢一步就麻烦大了。"

小余，接话人——余烬摇摇头道："应该不是。"不理小黄满脸的"为什么"，又转头冲后面备勤间喊了一声"邹师傅，我们出去一下"才大步走出门去。

"哎哎哎，你等等！为什么说不是孩子丢了？"

余烬看了小黄一眼，面无表情地说："那个号码我记得。没弄错的话，报案人叫钱大美，现年 46 岁，她家没有叫'莉莉'的小孩。她女儿嫁到市里了，才刚怀上，还没生。但她家有只猫。"

"猫？"小黄一愣，"不是，你才来一个月，怎么知道这么多？"

余烬不是很想说话的样子，顿了顿才回了句："她家猫之前丢过，邹师傅去找回来的，有记录，我看过。其他的是听来的。"

小黄目瞪口呆。看看记录就都知道了？

不管丢的是孩子还是猫，群众的报案都要尽快处理。两人匆匆来到村东，果然看见一名胖胖的中年妇女正满头大汗立在路边。一问情况，真的是猫不见了。

厉害！小黄重重地拍了拍余烬的肩膀，拍得他一个趔趄。

这番行为让钱大美不满地皱起了眉，小黄赶紧正色道："您家猫怎么丢的？"

钱大美说，她家就住在村东口，莉莉是只大橘猫，下午她出门忘了关门，走的时候莉莉还在家里，回来就不见了，还带着她才两个多月的小猫崽。家里家外连上周围的院子找了个遍，不见踪影……

听到这里，小黄扫了一眼周围——夜幕渐起，街灯未上，周遭景物影影绰绰，在这偌大的村子里找两只听不懂人话的猫可不容易。耳边却听见余烬说："您安心回家吧，一会儿就把猫给您送回去。"

咦？他一转头，见余烬已转身径直走向环村小路，赶忙跟了上去。

"你知道猫在哪儿？"

"不知道，但能猜。既然带走了小猫崽，那很可能是猫妈妈带孩子练习生存本领去了，这是世代沿袭的本能，不会变。但同时作为一只养熟了的家猫，也不会跑得太远，高高低低就在周边，不是在房上就是在树上。"

余烬也不多说，一手拿着手铐，一手拿着强光手电，一会儿抖动手铐发出声响，一会儿打开手电，四处照射。小黄看得新奇，也瞪着眼四下踅摸，还真接连有几只猫被声响和光影吸引过来——但哪一只都不是大橘猫。眼看着一圈就要走完了，天也完全黑了下来，还没有大橘猫的踪影，小黄不免有些着急。

"别是出了什么意外吧？"小黄正嘀咕着，两人转过一弯，前面是一片开阔地，两棵十来米高的椿树亭亭立于其中。

有了！小黄眼睛一亮，一只大橘猫正蹲在树下绿荫中，抬头仰望树冠，"喵喵"地叫着。

两人径直走过去。小黄一边叨叨着："莉莉啊莉莉，可算找到了你呀，不乖乖在家待着，跑出来迷路了吧……"一边伸手去抱。却不想那猫只轻轻一跃便让开了他的手臂，依旧望着树顶更大声地叫着。

两人顺着莉莉的视线望上去，路灯映射下，一只柔嫩的幼猫正颤巍巍地趴在距地面六七米的丫杈处，小脑袋怯生生地探出来望着树下的妈妈，发出微弱的叫声。

小黄觉得心都被萌化了，一挺身就想上树，只是扶着树干努力了好几分钟都没成。他转过头讪讪地看着余烬，余烬看看他又看看树，说："……就近管谁家借个梯子吧。"

话是余烬说的，但路还是小黄跑的。等小黄吭哧吭哧搬来了人字梯，余烬倒是一马当先几步就踩了上去。虽然站在梯顶颤颤巍巍的，但好歹是顺利地把小猫接了下来。还了梯子，两人一人抱着莉莉一人抱着小猫崽，心头都有些舒展。

虽然只是鸡毛蒜皮的小事，但每次解决了报案人的烦恼，总让人很有成就感。

两人将猫还到钱大美家里，与连声感谢的钱大美夫妇寒暄几句后告辞回警务站。刚走到门口，就看见门前停了辆越野车。

"这车……谁来了？"小黄嘀咕着往里探头。余烬看着车牌皱了皱眉，说："刑警队的。"

"刑警队？"

一天下来，小黄倒是对余烬的判断深信不疑了。难道是管区里出了什么刑事案件，刑警队来要人配合？

事情却并不如他所想。走没两步，就看见一个剃着寸头、非常精神的青年正坐在值班桌前往这边看，这人……好面熟啊。

"阿特！""特哥！"

两人异口同声。小黄惊讶地转头看着余烬——他和现在警队的大红人阿特很熟？

来人正是阿特。他朝小黄点点头，打个招呼，又转头问余烬："好久没见，最近怎么样？"

"挺好。"

回答依旧很简短，但小黄惊讶地发现，余烬的脸上竟然带着笑，肩膀也放松着，之前似有似无的一种紧张感，此刻消失无影踪。

"好就行。我是来接你的。"阿特说。

余烬看着他，好几秒后才说："特哥觉得我能行？"

阿特一下就笑了。和脑子快的人说话就是省事，看来余烬已经完全知道自己此行的目的。他是为新组建的天眼小组拉人来的。

余烬，毕业于 top2 高校计算机科学与技术专业，又怀揣着一腔热血考进了警队——只是他看起来实在很难和"热血"二字挂上钩，不善言辞，不苟言笑，总让人觉得有些高冷，在警察这个既讲究专业性也讲究服务性的部门里显得有些特别。但在警校短训期间当过他擒拿格斗助教的阿特知道，他只是有点"社恐"而已，真的做起事来，既认真又能干；而他在信息和计算机技术上的过人能力，也是当前阿特急需的。

"当然，我这边是求贤若渴啊。"他拍拍余烬的肩膀，"你也放心，既然是团队，你不擅长的地方有我。"

　　"……好。"

　　"那就这么说定了。时间也不早了，我还得回市里，你明天记得到刑警支队报到。"说完，他再次与邹师傅、小黄告别，便开着越野车离开了。

　　回去的路上，虽然夜色已沉，但仰望灿烂的星空，阿特踌躇满志。

第四章

苏琳

刑警支队办公楼一层东侧，有间编号为 101 号的闲置办公室，面积差不多有五十来平方米，有一扇侧门通向办公楼东侧停车场。

近几天，阿特带着天眼工作室的人，里里外外把 101 号办公室打扫个干净。赶着盛夏中难得的阴雨凉爽天气，天眼组的人忙得不亦乐乎。

余烬拿着拖把，与地板中间陈年的污垢战斗。阿特则带着其他几个人忙着往里搬着旧桌椅。现而今的天眼工作室，在阿特之外，已经有五个人：从 110 指挥中心借来的陶美娟、从技侦支队借来的刘天明和郭子敬——他们负责接手视频账号后台工作——专门负责视频后期制作的是辅警郝胜，以及余烬。不过人员好说，东西反而没那么好要，批给的经费都要花在刀刃上，被阿特拿去全力置办硬件了。至于其他东西——得亏他死缠烂打的功夫了得，不花一分经费，从后勤仓库里磨出去年局里淘换的办公用具。仓库里旧家什摆得满满当当，随他挑选，旧是旧了点，但不影响使用。

一张桌子卡在门口进不来，阿特冲着埋头擦地的余烬喊："余烬，过来搭把手。"

余烬丢下拖把，帮着一起将桌子调了个姿势，搬进屋来。

放下桌子，阿特摸着桌面的划痕说："余烬，这桌子还不错吧！"

余烬点点头。

"我可没花一分钱经费，白捡的。"阿特得意地笑道。

"特哥，这桌子可都是旧的啊。"刘天明插了一句。

阿特反手就做了个敲头的动作，说："你懂什么，旧桌子也是桌子，一样用。咱们好钢要用到刀刃上，是不是？"

旁边的陶美娟拧着抹布笑道："行啊，就等着看看特哥的'刀刃'了。"

"等设备到了，保证你们喜欢得都不想下班。"阿特扬着眉毛，满脸得意。工欲善其事，必先利其器，要想在网络世界折腾出花儿来，好的配置是必须的。不过——"余烬，硬件我保证没问题，但软件就得靠你了。"他看着余烬，"天眼平台需要整合各类情报信息，这事你是行家。设备到了后，尽快让你的软件上线，你们一起做好调试。"

"嗯。"余烬继续对付着污迹，头也不抬。这番做派让刚刚适应了他行事风格的几个人都偷着笑了起来，阿特看着众人，摇摇头也跟着笑了。

现在这屋子里的，可都是他的宝啊！

不过，这回还不是搞团建的时候。摆好桌椅，阿特倚在桌边想了一会儿，拿出手机看了下时间，走到门外打了个电话回来说："你们先收拾着，我出去一下。"说完便从侧门直接走向停车场。101办公室直通停车场，是阿特选中这里作为天眼平台大本营的原因之一。

隔窗看着阿特上了车，刘天明问余烬："小余，你说老大去干吗了？"

"找人。"余烬随口答道。

"找人？找什么人？"刘天明左看看，右看看，想了半天没想明白还要找什么人。

余烬眯着眼，透过窗户看着远去的车影。这事儿阿特并没有告诉他，不过他自己也有所推想。别看工作室这好几号人，但真正挂在刑警支队名下，属于天眼行动小组的，只有阿特和余烬。而从天眼行动小组的职能来看，这是不够的——他们要深入地介入各种复杂案件，需要对各种信息进行快速反应并进行方向研判，仅靠他们俩还做不到。他们需要一个……

"痕检专家。"余烬说。

余烬完全猜中了，阿特此时正在去找痕检专家的路上。

不过去的并不是痕检中心，不是任何公安部门的办公场所。从刑警支队离开后，他先去花店买了一束花，就直奔郊外而去，最终停在了千江市郊外一所墓园的门外。

此时正好飘起了毛毛细雨。

依山坡而建的墓园寂寥无声，树林里偶尔响起一两声鸟鸣，反衬得墓园更加静谧。阿特的心情也随之沉寂。他的师父赵维义就葬在这里。

想起赵维义，阿特不免神色黯然。

那时候他刚毕业，被分到市局刑警支队，跟着有"名侦探"之称的赵维义。不过刑警队的现实并没有侦探小说那么浪漫而传奇，更多的是细致和琐碎。阿特性子跳脱，幸得有板正严肃的赵维义管着。后来他调到巡特警队，很快成为业务精英，和当初师父的严厉教导是脱不开关系的。

只可惜还没等他真正做出点大成绩来，已与师父天人永隔。两年前，赵维义在一次事件中牺牲。不过"牺牲"二字是阿特自己认定的，赵维义的死亡真相，至今仍是一个谜。

给他们这支警察队伍带来了巨大阴霾的谜。

后来阿特开始经营视频账号，让大家看看警察生活到底什么样，在一定程度上也和这件事有关。

不过现在并不是想这些的时候。阿特抬起头，一个瘦削的身影正站在师父墓前。那就是他要找的人，他的小师妹，苏琳。

单看外表的话，苏琳很文秀，像是个长年居于办公室或实验室的行政技术人员。事实上她也的确是学痕检专业出身，只是入职后没去技术科，而是进了侦查小组，和阿特一样由赵维义带着——不过那时阿特已调走，两人并无共事经历。阿特只是听赵维义提过，这个小师妹为人热情、头脑敏锐、细致认真，好多次她的专业知识都帮了大忙，还引起过将技术人才引入侦查一线的讨论。只是赵维义身故，她似乎受到很大影响，性格

也变得封闭了很多，终究还是回了技术部门。但就像不相信围绕赵维义事件的那些风言风语一样，阿特也不相信师父嘴里那个"满脑子侦探梦"的小师妹会那么容易放弃在一线打拼，不管把握有多大，他总要试一试。

也是师兄妹的默契。这天正是师父的忌日，他本想找过苏琳再一起来扫墓，不想刚才打电话到技术科，人家却说苏琳请了半天假。那就该在这里了。

他走上前去，将带来的花放在墓前，一边和师父念叨几句心里话，一边立着耳朵听动静。苏琳一见有人来就退开了，阿特想，头一回两人相遇，接下来对方应该好奇地问问他是谁，他就好顺势接上话，跟她聊聊天眼的事。

然后他就听到了离去的脚步声。

他赶紧站起来。"苏琳！"

苏琳转过头。先是有点诧异的样子，眯着眼看了看他，又看了看墓碑，一下恍然道："阿特？"

阿特笑着走过去。"对。按理说，你还得叫我一声师兄呢。"

苏琳也跟着笑。"师兄。"她朝阿特伸出手来，"初次见面。不过师父经常夸你，我还看过你的视频。"

"觉得怎么样？"

"挺有意思。"

"接下来应该更有意思。不知道你听说没有，现在局里打算以这个账号的运营为基础，再扩大规模，探索更多的应用。现在这个工作室已经成立了……"他说到这里，看了看苏琳，"我想请你一起加入进来。"

"嗯？"苏琳不明所以地歪着头，"谢谢。不过网络这事物，我并不是很懂。"

"那没事儿，有人专门弄那些。现在的问题是，我们会更深入地参与到各种类型的案件中，不仅要搞好拍摄，也要参与处理。我需要你的经验和技术。"

他同她讲起领导给予自己的任务和自己目前的规划。慢慢地，苏琳的眉毛皱了起来。她垂下眼睛，陷入沉思。

阿特没再说话。其实他有点忐忑，但忐忑中又有一些自信。他相信，师父教出来的徒弟，不会让他失望……

"不好意思师兄，我不太感兴趣。"

……

啊？看来今天注定和心想事成无缘。

但是……说完这句话的苏琳并没有走开。那是不是可以解读为，她的拒绝也不是那么绝对？阿特顺着她的视线回头看去，发现她在看着墓碑。墓碑的照片上，穿着警服的师父目光坚定。阿特定定神，决定单刀直入。

"是不感兴趣，还是不想感兴趣？"他的脸上又挂起一点笑，但其实一点笑意都没有，"我听师父讲过你很多事，也相信你对警察这个职业很有热情，这在短时间内应该是没有改变的吧？我不知道挡住你加入的具体原因是什么，不过人嘛，总要往前走的。"他从兜里摸出一支笔来，"这支笔，你还记得吧？你应该也有。师父说过，他带过的徒弟，他都会送一支笔，希望每个徒弟能从这支笔开始，书写出属于自己的警察人生。我希望，不管面对什么样的情况，也不管最后我能写出什么样

的故事，至少我要写得尽兴尽责，你说呢？"

苏琳看着笔的眼神，前所未有的严肃。

阿特决定再添一把火。"而且你真的是我能想到的最好人选了，缺了你，我这架子怎么搭都是有点瘸腿。求求你，看在师父的面子上，试一试？"

苏琳笑了，又接着摇摇头道："我考虑考虑。"

阿特点头。"没问题。随时欢迎。"

话说到这儿就差不多了，毕竟也不能强求人家马上答应。但阿特对这番交流还是很满意的，感觉得出来，苏琳离加入的门槛已经很近了。

他悄悄地松了一口气。

目光再次不由自主地落到墓碑的黑白照片上。或许，这也是向真相出发的开始。他想。

天色已晚，阿特和苏琳在墓园分别后直接回了家，第二天到办公室一看，那几个人已经收拾得有模有样了，连工位都安排得明明白白。靠窗的位置自然留给了阿特，他对面是余烬，旁边还有一张空桌子。

"活干得不错啊。"阿特夸赞道。

得到的回应却很敷衍。阿特抬头看去，一个个都瞄着门口，似乎在等着什么。

"干吗呢？"阿特问。

陶美娟冲那张空桌扬扬下巴，问："特哥，是不是还有一个人要来？昨天小余说的，还非要让我们放张桌子在这儿。是不是真的？"

嗯，这个问题……阿特扫了一眼，办公室里几双眼睛齐刷刷地看着他，似乎都对新同事很期待。他清清嗓子，说："对，

还有一个人。不过她要过几天才能就位。"毕竟苏琳还没有完全答应，说话得留个口子。

"要过几天啊……"刘天明嚎了一声，"昨天小余信誓旦旦地说要来个什么专家，我老期待了！"

阿特轻哼一声，没有接话，而是敲敲桌子，说："她的事先放一边，我们该干吗干吗。一会儿都跟我去领设备，咱们正式开工！"

"好嘞！"

"收到！"

"嗯。"

此起彼伏的应答声中，阿特满意地点点头。

电脑来了，网架好了，程序上线，一切准备就绪。

天眼工作室，正式启动。

阿特给他们搞培训。他说："我们要打造的东西，究竟要起什么作用？其实就是通过网络，让警民双方更有效地'摆出来看'。我们的东西摆出来让老百姓看，让他们知道警察在干什么，是个什么样，也给他们搞搞科普，什么东西不能做，什么事情有问题，提高他们的辨别能力和守法意识。同时，还要让老百姓放心地把他们知道的事情，摆出来给我们看。这个单靠派出所、警务站还有110，可能还不太够，小陶应该清楚，现在咱们的110接警，70%都是求助而非报案的，很多事情的线索就藏在老百姓眼皮底下，可他们认不出来，认出来了也不愿和我们说。这里面，他们心理上的顾虑我们要去思考，然后想想，如何通过网络去打消或者说降低这些顾虑，让他们愿意把事情告诉我们。沟通的事，小陶来主导。同时也多留意他们感兴趣的和反映比较多的都是什么，便于我们确定选题和舆情总结。"

他停下来喝了口水，接着说："然后就是信息过滤和追踪的问题。不但他们主动说的要过滤和追踪，还要留意他们不经意间说出来的，评论、分享、闲聊天，里面经常藏着有用的东西，但是大量筛选，很麻烦。这个事情就是余、刘、郭你们三位的功夫了。要尽可能地和技侦部门现有的体系打好配合，两种'网络'高效协作，减少重复动作。最好整理出一个流程表来。哦，说到流程表——"他俯身在自己的电脑上敲了几下，"我这儿有个之前整理的'警察阿特'接警处警流程简表，那会儿我还单打独斗呢，这东西也就弄得很简单。我发群里了你们都看看，咱们一起细化一下。"

一时间，整个办公室都安静下来，每个人都在自己电脑上看着阿特整理出来的东西，看完之后再根据自己的经验和职责进行分享。都是阿特从各个部门划拉来的精英，各自有着自己的一套方法论，现在集合到一起，虽然各自专业和看问题角度不同，但也能互相借鉴、查漏补缺。

看着众人侃侃而谈（除了余烬，但他显而易见的神情专注），阿特的心突然怦怦怦跳得快了一些。隐约有一种将要做些大事的感觉。

工作室的活儿很快来了。

当天下午陶美娟那边就收到一条报案，说某酒店某房间里有人吸毒。在初步确定线索情况后，阿特马上把情况通报给了管辖派出所，这边自己也带着人赶过去会合。一路上阿特都有点小兴奋：以往的时候，既要担心会不会出纪律、流程问题，又很惆怅分身乏术，很多事没法去跟，但现在却是光明正大。背后有组织就是好啊！

他抿着嘴唇说："这是咱们工作室的第一仗，打漂亮了！"

过程本身其实并没有什么特别。他们跟着派出所的人一起去了举报中的事发地，确实发现了吸毒人员，并对相关人员和物品进行了处理。至于从吸毒人员身上去发掘贩毒链条，摸查犯罪团伙和窝点，那就不是派出所的事了，也不是一下子能够清除干净的。阿特跟接手的禁毒队打了招呼，约好跟拍，就分手了。

只是这期视频确实引起了很大反响。内容上沉浸式深入，一下子在粉丝中传开了热度，并迅速在市民中出圈。"警察阿特"账号下关注人数又有了一次跃升。更可喜的是，有人在评论中说自己也看到过这样的内容，只是之前不认识就放过了，现在才知道是吸毒的，陶美娟马上跟进联系，又拿到一条线索，再破一案。

虽然都是小案子，但也证明了之前研究出的系统运转良好，工作室的众人都很高兴。

只有阿特在高兴之余不免有些惆怅：都一个礼拜了，这苏琳怎么还没给个消息？

这世界上的事都是经不起惦记的。

阿特正一面揪心苏琳到底来不来，一面安慰自己没有她暂时问题也不大的时候，私信投稿里跳出一条消息："阿特阿特，我能不能跟你反映一个情况啊？我们隔壁的房间最近有股味道传出来，这两天还越来越重了，早上我上班从门口经过都能闻到，我越想越觉得不对劲，真的心里发慌！刚才我已经给物业反馈了，想想还是决定发给你，能过去看看吗？"

陶美娟很快联系到了这位投稿人，聊了几句后，进一步得知隔壁房间隔音不是很好，之前每天晚上都会闹出动静，有时候吵得这位投稿人睡不着。可这几天却什么声音都没有，这位投稿人还难得因此睡了几晚好觉。

这情况听起来确实不太对。陶美娟要来投稿人的地址，阿特联系好当地派出所，正要出门的时候，苏琳出现了。

"你们要出去？"苏琳愣了一下，"那等你们回来我再过来。"

"不，来得正好！"阿特带着她一个转身，"走走走，具体的路上跟你说。"

带着余烬和苏琳，三人开车赶往那位投稿人的所在。那是一处老小区，进入大门后随处可见乱停乱放的电动车，把本就有些残破的道路挤占得狭窄。阿特好不容易才把车开到了那位投稿人所说的楼前。车一停稳，三人毫不耽搁地下车往楼道里奔去。也就是前后脚，派出所的两名警员也到了现场。

而情况也确实如那位投稿人所说。几个人才到三楼，就闻到空气中充斥着一股臭味，越往上，味道越是明显。

余烬立刻把执法记录仪对准了苏琳。

在来的路上他们已经完成了身份介绍和案情简介，余烬已经知道，这个姑娘就是自己预言中会出现却不知何故迟到了很多天的痕迹专家。

苏琳犹豫了一下，说："很像尸臭。"

这让几个人的脸色都不好看了，脚下越发快起来，几步赶到报案人所说的 503 门前。站在这里，臭味已经让人有些难以忍受。这绝不仅仅是垃圾所能造成的。

阿特僵着脸推了一下门。门果然锁着。当地派出所的老钱马上说："我去找物业拿钥匙。"

在等他回来的时候，余烬看了阿特一眼。阿特摇摇头说："等确定了再说吧。"

他知道余烬是在问，要不要马上把情况反映给刑侦支队。

没多会儿，老钱回来了，后面跟着面色不虞的物业管理。门一打开，一股难以形容的恶臭扑面而来，那物业管理立刻变了颜色，连着退了好几步。

几个警察也各有反应。最没经验的余烬和另一个派出所的小年轻一下被冲得有点受不了，赶紧离门远了点。老钱猛地抬手捂住口鼻，阿特也赶紧抓起衣领捂在脸上。

唯有苏琳面不改色，只是微微皱着眉，从随身带着的包里翻出几包鞋套递给其他人。那一瞬间，余烬无端地觉得她似乎多出了几分凌厉。

老小区的房屋面积小，户型也简单，小两室的格局，大的房间正对门口，房门紧闭，门框上垂挂着珍珠串成的流苏门帘装饰，明显是主卧，也是味道的来源。

阿特和苏琳穿过客厅走过去，门一打开，一具女尸立刻闯入视线。

死者是个年轻女人，生前或许还有几分清秀，死亡让她表情扭曲，皮肤褶皱发黑，脖子处是狰狞的勒痕，身上被尼龙绳结结实实地捆了起来，从胸部一直绑到小腿处，惨状明显。

恶臭源源不断地溢出，看起来人已经死了一段时间。

"打电话吧，余烬。"阿特沉声说。

第六章

意 义

已经很久没有见过这样的场面了。毕竟即使在侦查小组，也不会经常面对凶杀案。

阿特咬着腮帮子，仔细观察现场状况。

死者呈横卧状躺在床上，穿着蕾丝睡衣，透过脏污还依稀能辨出原本应是白色。衣角从绳索缝隙散落出来，凌乱无状。赤脚，拖鞋散落在床边。屋内看着还算整齐，没有明显的搏斗迹象。

房子应该是重装过，墙面刷了白，置办了新的桌椅，可也仅限于此。过分简陋的家居和装修让这个房子看起来缺乏生活气息。死者的个人物品也寥寥无几，粗粗扫了一圈，一时竟没找到什么能提供死者个人信息的线索。

"房子装修得这么简单，行李又少，死者八成是租户。"阿特说着转过头，老钱已经在问物业管理了。几个人暂且先退出来。单凭苏琳的包也装不了多少用具，在技术组的同事没到之前，还是保持现场原貌比较好。

沉默充斥在楼道间。突然从楼梯口传来一声招呼："阿特！"

几人循声看去，一个年轻姑娘径直向他们走过来。阿特很快反应过来：这就是那位投稿人吧？他心里一动，向姑娘迎过去。

没想到苏琳也一致地迈步。两人对视一眼。

姑娘一无所觉。"你们来得还挺快的。"她探头看看被打开的房门，"所以，那屋里……"

阿特点点头，姑娘的脸唰的一下就白了。

苏琳走过去揽住她的肩膀，一边把她往远了带，一边说："所以谢谢你给我们消息。放心吧，事情我们一定会搞清楚的，你们住在这儿也不用多担心什么……"

阿特没有跟过去。女孩子之间说话更方便，一些肢体上的安抚也很能缓和情绪。该做的苏琳都会做。他转身走回503，视线扫过之处，看见对面房间的门框顶部竟然装了一个摄像头。这下方便了。他拍拍余烬，把摄像头指给对方看，余烬比了个OK的手势。

没多久，大部队来了。

小区楼下拉起了警戒线，技术组带着勘查箱进门忙活起来。侦查组来的却是老将柳成鸣。看到他，阿特呆了一下，再瞅瞅他身后……

"别看了，没别人了。"老头瞪了阿特一眼，他快退休了，论起资历来，就是阿特的师父赵维义也得喊他一声前辈。"陆队特地点了我的名。你知道，为那边钢铁厂的案子，局里忙成

一团，他的意思，这边就交给你们来办，我负责压阵。"他点着阿特的胸口，"你认真跟我说，隔了这么久重新回来办这些案子，还兼着别的任务，有信心没有？"

这时节，哪怕心里忐忑也得先应下来啊！"有！"阿特应得严肃认真。

老柳也没多说，挥挥手，戴上手套、鞋套和帽子进了屋。苏琳也返回来，和他们一起再次对现场进行更为细致的调查。

小两室，一间是主卧，另一间当成储物间，里面除了淘汰下来的旧桌椅，没有其他可疑物品。旁边的卫生间空间也不大，洗手台上摆放着一套女士洗漱用品。

阿特蹲下来，打开了洗手台下方的柜门，里面除了一些女性生活用品也没有放其他东西。正准备起身时，视线掠过垃圾桶，他微微一顿。垃圾桶放在墙角，形成了一个死角。将之挪开，便立刻发现掉落在此处的安全套包装袋。

塑料包装袋已经撕开，阿特用工具翻了翻垃圾桶，却没在里面发现安全套。他只好先把包装袋捡起来装进物证袋里，起身走到客厅时，苏琳也刚好从卧室里出来。

"从死者脖子上的勒痕看，初步判断是窒息死亡。"

"绳子怎么说？"阿特问。

"不好说。遗体已经开始腐败，很多痕迹只能在解剖后的仪器下观察出来。但总不能是自己弄成这样的，他杀或至少是过失致人死亡。"

跟阿特判断得差不多。苏琳又补充道："另外被子上还发现了精斑，死者生前有过性行为。"

阿特举起手里的透明物证袋，说："我在卫生间也发现了这个。"

苏琳看了一眼，说："应该能提取到残留指纹。"

"你有什么想法？"

阿特也是第一次和苏琳合作办案，想多听听苏琳的意见，也想多适应一下彼此的做事风格，所以以倾听为主。

苏琳并不怯场，直接说道："屋子很干净，现场被特意打扫过，暂时没发现有效的脚印线索，不过检查过门窗都是关闭状态，门锁没有溜撬破坏痕迹，推测熟人作案的可能性较大。如果是陌生歹徒入室强奸杀人，一些破坏痕迹是怎么都无法清除的。"

"你觉得这是一起熟人作案的强奸杀人案？"

"初步线索推导是这样。"

阿特点点头，沉默不语。苏琳问："你有不同想法？"

"说不好。但总觉得哪里有点奇怪……"

"是吗？"苏琳眯起眼睛。阿特叹了一口气，看着卧室里法医忙碌的身影，沉默了一下，说："等尸检报告出来再说吧。"

时不我待，两人继续在屋里四处勘验。这时余烬走进来说："特哥，死者身份已经清楚。名叫谭思雅，23 岁，外地来这里打工的，做什么不知道。最近才搬过来，而且是短租。平常和周围邻居也没什么来往，暂时没有太多有效信息。"他顿了一下，又说："下一步，我会去找运营商调取她的通话记录，挖掘她的社会关系。技术组那边出来东西了也会马上跟进。"

阿特点点头。虽然是第一次接触此类案件，但这小子思路

清晰，很清楚应该做些什么。看着平常冷静自持的年轻人晶晶亮的眼睛和有些泛红的脸，阿特恍然：也是，哪个来当警察的年轻人没有过明察秋毫、见微知著的名侦探梦呢？

他决定支持一下。

"等她的社会关系理出来以后，就由你去走访调查吧。"

阿特把顿时浑身僵硬的年轻人丢在身后，看向柳成鸣。老头远远地朝他点点头。看来现场的确勘察得差不多了，再多的线索就要等后续的调查才能知道。他走出房间。

楼道里远远地挤着住客们。他一走出来，就听到人群中响起了自己的名字。他朝众人笑了笑，问："都认识我？"

无人回应。

……嗯，只是因为就在凶案现场的关系吧。

阿特摸摸鼻子，正准备转身和跟在身后的苏琳说点什么，突然有人问："阿特，这个案子你会拍成视频吗？"

他想了想。"会拍，但可能要等事情都尘埃落定了才会放出来。"

提问的那人瘪了瘪嘴。过了一会儿，人群里又响起一句："我们都会看着的。"

一开始阿特没听清，只是惯例地朝人群露出一个安抚的笑，目光下意识地寻找说话的人。没找到。但就在此刻，与这些"看着的"人视线接触的时候，他突然意识到，他们并不是在看着一个遥远而由模糊群像构成的"警方"，而是看着他，看着阿特，看着天眼。

这视线突然就有了重量。

从来没有哪个警察在办案时能被不确定的他者"看着"，但是"阿特"可以，天眼可以。这种骤然拉近的距离让事情增加了从未有过的新的层次。这是网络带来的参与感。被网络联系起来的双方，在某种特定情境下不再是我和你，而是"我们"。

　　一阵战栗从心底升起。他突然明悟，也许这就是天眼存在的意义。

　　他郑重地点点头，认真地朝人群行了一礼。

第七章
争执

回到 101 已经是傍晚了。

折腾了一天，不但出外的几个人很累，留在 101 的几个人也忙活着各种辅助工作，并不轻松。但还不能歇，需要尽快把已知的线索整理起来，好判别下一步的动向。

在走进办公室前阿特刻意拉了苏琳一下，说："这走进去我可就当你加入了？"

苏琳偏着头没看他，说："案子当前说这个！"看阿特就要她一句准话的样子，她一甩手走了进去，说："暂时算吧。"

嘿，这丫头！

阿特倒也没计较，抬脚就跟在后面走进去。不想苏琳突然停步，倒叫他差点撞上。只是还没开口抱怨，就看见一个人坐在一张办公桌旁，正扭过头来看着门口。

"陆队！"

那人赫然是刑警支队支队长陆忠明。支队长的到来让阿特有几分紧张，这种考前遇到老师抽查的感觉已经很久没有过了。迅速在脑子里过了一遍自己所有的处断——似乎还行。他稍稍放下点心来。陆忠明站起来，缓缓开口道："没什么大事，就是过来看看你们的工作状态。天眼刚成立就碰上了这个案子，我呢，也不想你们压力太大，但是有些话还是要说在前面。"

听到这番话，阿特的神情慎重起来。

"案子要抓紧时间破，不能马虎。你们要给天眼开个好头，也让上面看看成立天眼的决定是正确的。"

"是！"

众人整齐敬了个礼，陆忠明压压手示意放下，没再多说别的，目光在屋里转了一圈就走了，好像来这一趟只是为了交代这几句话。

"呼——"领导一走，众人整整齐齐地松了一口气，这声音凑在一起，在无声的办公室里显得格外巨大。阿特回过头，众人面面相觑，又一起不好意思地笑了起来。

"干活！干活！"

他招呼着。先将苏琳和其他人互相介绍认识了，也没管留守的几个人纷纷投注在苏琳身上的好奇目光，他敲敲桌子，让大家伙儿开始交换消息。

只是现在知道的信息还很少。与其说是案情分享，不如说是开脑洞头脑风暴。

"我这里有个情况。"在说完基本信息后，余烬首先开口，"在向房东了解死者情况时他提到，本来死者提出短租，房东

是不愿意的，但死者宁愿加钱也要租下，有点奇怪。"

阿特闻言点点头，这确实和他观察到的一些情况冲突了。但他不露声色，而是反问余烬道："你为什么觉得奇怪？短租是很正常的事啊。"

"谈不拢就换一处，时间短的话住酒店也行，为什么死磕这里？"

这话让办公室静了一秒，所有人都看着他。

"虽然我同意你说的这一点很奇怪，但是……住酒店也行……大哥，你好豪啊！"刘天明嚷嚷。

阿特也跟着摇摇头。富二代的思路果然和一般人不同。

哄笑中，苏琳开口了。"这一点的确有问题。正因为死者没这么'壕'，问题才格外突出。"看着众人的目光又朝她聚过来，她补充道，"综合今天的观察来看，死者的经济应该并不宽裕，她用的护肤品、化妆品以及衣物鞋包，都是相当平价的品类，没有任何迹象表明死者很注重物质上的舒适，也可能是注重不起。所以……"

"所以，短租符合死者的情况，但加钱去租反而成了一个突出的矛盾点。"阿特补充。

"对。"

"也就是说，后续要多对周边的邻里进行调查和筛选，搞明白她为什么一定要租在这里。这很可能与她的死亡有直接联系。"阿特顿了一下，"还有什么需要注意的吗？我记得死者家对面，也就是那个投稿人家的门上方有个摄像头——"

"假的。"余烬抢答。

"啊？"

"的确是假的。我跟那个投稿人聊天的时候也说到了这个，因为一个女孩单身居住，不得不提高警惕，弄个摄像头只是为了吓住有可能心怀不轨的人。"苏琳补充。

"那还真是太遗憾了。"阿特皱了一下眉，视线转向留守组，"那小区里的监控呢，技术组那边有消息没？"

郭子敬回应道："有。他们把监控录像共享过来了，我刚才正在看。唔，因为使用年限较长又养护不当，小区的监控基本上只是个摆设，好几个都坏了，只有大门口和第二个路口的监控能勉强拍到案发的那栋楼。不过监控画质很模糊，人员进出量比较大，暂时还没排查出有效信息。"他停了一下，转头看看余烬，"我觉得首先需要提高画面质量，这个得要小余来搭把手。"

"没问题。"余烬应下。

之后又各自说了一些自己的猜测。但巧妇难为无米之炊，在信息缺失的情况下，所有猜测都只是空谈。需要更多的线索啊。阿特拿笔敲着自己的额头。可是线索不会自己蹦出来，无论是通过技术手段还是法定程序去获取，都需要时间……

能不能，直接一点呢？

"朋友们，我有个想法，你们参详参详。"

所有人都看向阿特。他迟疑了一下，但还是开口道："我想在我们账号下直接公开死者的部分信息，向网友征集线索。"

没有人回应。所有人都在皱着眉头思考。阿特又想了想，说："实际上这等于早一点把警情通报发出去，即多了一个平台来发而已，不会泄露任何不该提到的东西，而且我会去和陆队做好沟通。这么做方便群众了解我们的进度，减少紧张和怀疑的情绪。"

刘天明率先表态："我同意。反正警情通报迟早要发的，多发一处说不定多一条线索。"

"但是……放个警情通报能有什么作用？按既往来说，别人看到警情通报来给我们提供情报的情况并不是很多。"郭子敬接了一句，"我不反对放出去，只是觉得效果可能不大。"

"那还是不一样的。"阿特一边想一边说，"以往官方的警情通报，对于大部分人来说，只是知道了有这么一件事，离自己很远。而我们的账号最大的特点就是亲和力，是网友接受并喜欢的。基于对两者不同的感受，他们面对同一个信息的反应也会不一样，更喜欢来说一说，聊一聊，有让潜藏的线索浮出水面的机会。——反正吧，试试又不费力，对吧？"

这话说得刘天明和郭子敬都点起头来。但冷不丁的，苏琳的声音响起来：

"我不同意，这样做反而会多出很多不可控的因素。"

"你指什么？"

"你把她的信息公布出去，网友会说些什么，难道想不到吗？"

这话确实让阿特高涨的情绪冷了一点。网上的言论的确是不可控的，语言这个东西也会因为网络带来的集中和广泛而产生越来越大的杀伤力。但是——阿特想了想，说："我们只是放出本来就会在警情通报中公开的内容，应该不至于引发太过分的讨论。肯定会有人乱说，但不会形成主流，我觉得还是不能因噎废食。"

"但也是你说的，平台不同，感受不同。从官方渠道流出去和从你这里流出去，人们参与讨论的意愿度不一样。再往外发散一点，会说些什么就完全不可控了。"

"我同意。"陶美娟小幅度地举了下手，"虽然破案很重要，但死者的身后名声也很重要。"

刘天明不以为然地说："问题是，我们不发，大家就不会讨论吗？这件事已经在网上传开了，我们只是顺势把讨论集中一下而已。至少在'警察阿特'的讨论区里，话题不会扯得太远……"

"流言控制不住所以就去加入是吗？每一条能引起你兴趣的信息，会在你看不到的地方发散成什么样子，你预想过吗？尤其是这个死者——"苏琳站起来，翻了翻面前各种证物的照片，指着避孕套包装的那一张，"尤其对一个因性缘关系而导致的案件中的女性，会有多少种肮脏的猜测落到身上，这些不重要吗？"

阿特也跟着站起来，按住了苏琳的肩膀，说："冷静，冷静，我们只是讨论一个可行性而已。"

气氛变得有点冷。苏琳偏过头去，不说话。

"咳咳。"阿特清清嗓子，"都有道理，都有道理。我是觉得，既然成立天眼，那肯定是要在某些地方，尤其是借助网络力量的地方，有一些突破性的进步，不能总想着在既往经验的圈子里办事——"

"那我就是来拉住你们，以免你们在网上冲浪冲得太远。"苏琳打断了他。

阿特苦笑，感觉出来苏琳对网络有着很强的戒备。她为什么会这样，其实阿特也能猜到几分，而且团队里有这么一个人的存在也挺好的，说不定真能在关键时刻踩住刹车。但……他环顾了一圈自己的队员们，他们会加入这个团队，固然有上级意志的作用，就其自身来说，应该也是对加强网络方面的应用很感兴趣的，苏琳这番话会不会在他们心里留下小疙瘩？

认真想了想，他觉得还是团队稳定为先，于是说："嗯……搞创新，步子也不能迈得太大，我们还是慎重一点，慢慢来。那这一次，先保守一点，在过程中我们再好好思考突破的点。"

说完看了一圈，问道："行吗？"

这一回倒是一直没吭声的余烬先站了起来，说："嗯，破案要紧。"他朝郭子敬一伸手，"郭哥，视频。"

"哦哦哦。"郭子敬愣了一下才反应过来，忙不迭地起身，似乎也是想赶紧从争执之地离开。他这一动，给整场讨论分享会也画上了终止符，各人都散开来，开始忙自己的事。

阿特看着余烬的背影，露出了一个满意的笑。

第八章

嫌疑

苏琳拿着新出的尸检报告走进了 101。

"死者的死亡原因是因勒颈造成的机械性窒息；体表存在一定程度的抵抗伤，但并无暴力性侵的痕迹；头面部存在击打痕迹，但未造成骨折；体内没有检验出毒物或迷幻成分；死亡时间是一周前的下午三点左右……也就是说，死者是自愿与他人发生性关系，而后被打晕捆绑后勒死的。"

这样的话，和她发生性关系的那个人就相当可疑了。所有人的脑子里都闪过了这样的念头。但怎么找出这个人呢？

虽然采集到了此人的 DNA 和指纹，但也要先划出嫌疑圈子才好比对排查啊。

"现场采集到脚印了吗？"阿特扭头问。

苏琳叹气道："没有，现场被清理过，没有采集到脚印。而其他公共区域……一周的时间，人来人往的，足迹早就被破坏了，找不出什么有用的东西。"

又是一条断头路。

这时候，余烬的手突然高高举起。郭子敬同时叫起来："特哥来看，很可能就是这个人！"这一声叫所有人都凑了过去。

余烬用了一晚上，把高糊的监控视频清理了一遍——至少能在监控中看得出谁是死者了。于是也就顺势发现，案发前一周，一男子曾多次和死者一同出入小区，时间基本都是晚上。鉴于这是死者身上出现过的仅有的异常点，该男子有极大可能就是与死者发生关系的人。可惜，偏偏就在案发当天上午，小区内孩童玩闹，恰好将皮球从楼上丢下，砸坏了监控摄像头，导致当天监控画面基本丢失，无法判断案发当天该男子是否出入死者家中。而且这批视频即便经过了修复，效果仍然有限，只能模糊看出该男子的身形，而无法识别其面部五官。

"清晰度上，真的不能再努努力了？"阿特不死心地问了一句。

余烬皱眉。郭子敬也跟着叫苦："特哥，这都多少年前的老古董了，没被淘汰已经算是奇迹，能处理的办法不多。"

只是看着阿特不说话，光是眉毛一挤瞅着他俩的样子，郭子敬又叹了口气："……那我俩，再试试？"他最后问的是余烬。

余烬点点头道："试试。"说完往电脑前一坐，鼠标一甩就开始切换软件。

苏琳却突然叫住了他。

"等等，等等，画面回去！"等余烬再次把刚才的监控画面调出来，苏琳指着和死者一同进出的那个男子，"你们看，这个人很谨慎，进出都是步行，但是这里他好像有个在兜里掏东西的动作……像不像在掏车钥匙？"

余烬放大画面，可惜画质太粗糙，怎么也看不清到底掏的什么。

阿特也凑近画面死死盯着，说："是有点像。这样，你们俩尽量扩大监控侦查范围，看看他是不是把车停在了小区周边。要是的话，试着找一下轨迹，总能找到更清楚的监控，说不定就能直接锁定车牌号，再找人就简单了。"

"嗯，好。"

"是，特哥。"

两人双双应声。

阿特摸着下巴继续安排。"美娟你还是在网上盯着，随时留意动向。天明你跟进技术组那边的消息，有情况随时通报。苏琳，你跟我再去走访一圈，看能不能再摸点信息出来，或者有没有人注意过这个男的。"一边说着，他已经开始往外走了，"诸位，有任何消息都随时沟通啊！"

"好！"

借助运营商的帮助，现在警方已经摸清了死者谭思雅最基本的社会关系。她从外地来到千江市打工，做了很长时间的按摩师。在同事口中，她心性单纯，生活节俭，性格略有些孤僻，经常都独来独往，没见她有什么朋友，下夜班后和同事一起吃个夜宵就算是为数不多的社交活动了，男朋友什么的更是从没听说过。不过她两个月前已从店里辞职，辞职后也没有和同事有过联系，这期间是否有什么变化，她们也说不上来。

至于对邻里的调查，也并没有发现新消息。案发当天并没有人听到什么异常动静——这一点其实在之前的笔录中已经有所记录。那个投稿人也刚搬去不久，上下班时间比较固定，晚上一般不外出，基本没有和对门撞见的机会。唯独一次加班到半夜，到家点外卖时开门正好看到有人下楼，是个中年男人，但不确定是楼上的住户还是从对门出来的男人。至于死者谭思雅，她一次都没见过。只是那房子隔音不好，她晚上总是能听到一点动静，所以有点在意。而谭思雅被杀的那个下午是正好是周日，她去公司加班了，什么都不知道。

一番忙碌没有取得什么成果，但无论阿特还是苏琳，都没太当回事。查案就是这样，其实都是琐碎而细致的事情，当初的热血冲动，早被现实浇灌成了坚韧和耐力。何况也不是全无收获——周边街道、商铺安置的监控，但凡可能沾点边的，都被他们弄了回去，希望能尽快和现有视频形成对照，找出那个和死者同行的男人。

不过等回到101，却有一份惊喜在等着他们。

"这都哪儿来的？"阿特拿鼠标划拉着一大堆花里胡哨的照片、视频，头也不回地问。

"网友。你粉丝。"陶美娟一脸等待表扬的表情，"老大，你粉丝行的，我也就是招呼了一声，征集两周前到案发时间，在案发地点及周边的照片、视频，这才半天工夫就发来了这么多……我那头还在接收呢，还有人在发。"

阿特朝她竖起大拇指。"你这个思路可以的，既没有暴露案件信息，又充分借用了网络的力量。虽然……"嗯，他顿了一下——其实用处可能不大，要在这些过于私人化的东西里摸出线索来，可能性比较小，但这话说出来就伤人心了。

"虽然什么？"陶美娟还在问。

"没什么，我是说，东西那么多，所有人一起上！"

这么多东西，就算没有将那个小区全方位无死角覆盖住，其实也差得不多了。经过集体的努力和时间的催化（俗称熬通宵），终于，一辆停在小区旁边市场外的车被锁定了。

那里正对着大市场入口，车子停在路边，还要穿过一段巷道才能到谭思雅居住的小区，可见驾驶者的谨慎。但在天眼之下，仍然无从遁形。

"来，我们最后再确认一遍。"阿特将最后连成线的几份视频和照片放在一起，点着其中一份，将画面放大。

"这个，和这个，还有这里，这几段上是同一辆车吧？虽然每次停的位置都不一样，但从车里下来的那个人，看起来都是同一个人，对吧？"见大家都点点头，他又放大其中一个画面，"这张照片，看，正好拍到了当天那个男人在下车；大约一个小时后，这个，这个马路斜对面的监控，拍到他匆匆忙忙驾车离开。停留时间和案发时间完全对得上！"

他精神百倍地环视众人，说："都觉得线索对上了，是吧，有异议吗？"

"没有！"

"好！联系交管局，搞清楚车牌号和车主，把这个人的身

份搞清楚！"

郭子敬应声而动。其他人也一脸兴奋，感觉查案的进度条往前跳了一大段。

这时候，苏琳走到他旁边，虽然脸上带着笑，眉头却是微皱说："其实我还是觉得哪里不太对……"

"哦？"

"我记得当时在现场，你也说过，觉得有地方很奇怪……"

阿特说："那个地方……"

苏琳迟疑了一下，但还是坚定地开口道："我回忆了一遍现场……太干净！"

"太顺利！"

就在苏琳说出最后三个字的时候，余烬也同时开口了。两个声音叠在一起，他俩不由得对视了一眼。

阿特嘴角的笑变得深了一些。"你俩说的都是同一个事。"他撑着桌面站得直了些，"现场显然有人清理过，没有脚印，没有多余的指纹，也找不到安全套，但又留下了一个足以提取指纹的安全套外包装——要说是包装袋落在卫生间角落里没注意到也就罢了，那被子上还残留的精斑呢？指向性太明确了。而我们也因此一点没有偏差地锁定了这个人。"

"也就是说，有人故意把我们的注意力引到这个男人的身上？"余烬问。

"只能说存在这个可能。"阿特叹了口气，"但先把这个男人找出来也没错。既然要往他身上引，那下一步的线索说不定还得落在他身上。"

第九章
乔兵野

车牌号和车主信息，很快传了过来。

"乔兵野，35岁，已婚，这车就登记在他名下。他在一家私企做销售，近半年开始兼职跑网约车。"阿特念着资料，又抬头问，"面部识别做过了？确定是他？"

回答他的是余烬，精简的两个字："确定。"

从视频和照片里得到的男子面容，和从交管局得到的车主面容，面部细节全部吻合，确定为同一人。

"好！"

阿特马上向队里报告了最新进展和情况，办好传唤证后又迅速带着苏琳和余烬——他又想了想，加上了人高马大的郭子敬——去找乔兵野。

整个过程十分顺利。

顺利得更让人觉得他不是凶手了。

到达乔兵野公司的时候，他正在开会，在被警察喊出来的时候显现出了明显的紧张。但这是正常人的紧张。有几个人能在被警察告知因涉嫌故意杀人而传唤的时候不紧张呢？他的呼吸加快了，视线有点游离，显示出他知晓谭思雅的事情并确实与之有所关联，此刻正有一些心绪不宁；但在杀人的问题上，他理直气壮，虽然说话时压抑了声音，但那显然只是不想叫周围人听见——从这一点上来说，他是个很注重面子的人。总体而言，他很配合，虽然整个过程中对证件检查极为仔细认真，且一直要求询问时要有律师在场，但这只能说明这个人比较自我，其身体语言上没有任何试图抗拒或逃跑的意思。

越是观察，他是凶手的可能性就越小——但也不能掉以轻心。万一他就是心理素质极好，故意反向设置引导来规避警方的怀疑呢？这么想虽然过于传奇性了，但人命关天，只要没找到铁证，就不能盲目判断。

询问室里，乔兵野双臂抱在胸前，紧靠椅背，显出一副拒不配合的样子。

"没有律师在场，我什么都不会说的。"

苏琳被他逗笑了，说："你电视看太多了吧？"

一边说，一边放了杯水在他面前。乔兵野宁愿盯着那杯水，也不与她视线交汇。

阿特耐心地解释："你不用那么紧张。我们只是找你来了解一下情况，这个阶段还不需要律师介入，你也不是犯罪嫌疑人。还希望你尽量配合。"此话刚说完，他开始直接询问案情，

"聊聊你和谭思雅是怎么认识的吧。"

说着将一张死者谭思雅的照片放在了桌上。

乔兵野的视线一触到照片，就皱了皱眉，转瞬将视线移开了。

"这些东西堆在你心里也怪难受的吧？说出来总会舒服点。"苏琳也跟着搭腔，"你很聪明，应该也想到了，刚才取了你的头发，是要比对DNA——我们会找到你，肯定也是在现场找到了不容置疑的证物。"

不知道是不是被"不容置疑"几个字刺激到了，乔兵野一下瞪大眼睛直盯着苏琳，说："什么证物？关我什么事？！我没杀人！"

"好——你没杀人。"苏琳哄小孩似的语气让阿特忍俊不禁，"那你就得给我们说清楚嘛。你不说清楚，光是'没杀人'三个字，我们也不能信啊。"

乔兵野眼角微抖，似乎在纠结措辞。

"别着急，慢慢想，慢慢说。"阿特安慰他，"把事情的来龙去脉都告诉我们吧。"

阿特刚走出来，101的几双眼睛就都盯在他身上。

"怎么说？"刘天明干脆凑到他身边。

阿特先喝了一口水，说："否认杀人呗。按他的说法，是在跑网约车的过程中认识了谭思雅，之后谭思雅主动勾引他，他没抵挡住诱惑，两人保持着不正当男女关系。在这期间，一直是谭思雅主动联系他。案发当天他确实和谭思雅发生过关系，

但公司临时有会，所以他早早走了，对谭思雅的死他完全不知情，也完全否认自己的作案嫌疑。"

"啊？"

"嗨！"

听完之后，几个人纷纷出声，失望之情溢于言表。

事情哪有一帆风顺的？何况以现在的证据，本来也无法证明乔兵野与谭思雅的死有直接关系。

但能把他挖出来，仍然是很重要的一步。

他的嫌疑并不能排除，毕竟现在他是唯一浮出水面的与死者有过深度接触的人。现在已知的一些信息也完全是他一家之言，无法确信完全真实或者毫无遗漏。因此，还需要更多的挖掘，看看从他这个线头能拉出多少信息来。

阿特遣了刘天明和陶美娟去"陪乔兵野坐坐"，看能否再聊出些线索，尤其多问问案发当天的情况；又安排郭子敬联系运营商，看看他当天的通话记录；最后把余烬和刚被换出来的苏琳叫到面前。

"对乔兵野还得再问，按规定得通知他的家人，要不你俩去走一趟？"他对两人脸上同时闪过的惊异视而不见，"多问，多聊，仔细聊。"

苏琳心领神会。余烬慢了一点，皱着眉头想了一下说："你的意思是，乔兵野身边的人也很可疑？"

"对。"阿特的表情很认真，"如果凶手确实另有其人，是故意留下乔兵野的证物让我们发现的话，有三种可能。一、他的目标就是谭思雅，而乔兵野恰逢其会，被顺手做了个栽赃；

二，目标其实是乔兵野，谭思雅只是无辜受难，不过这需要解释为什么死的不是乔兵野；三，他们俩都是目标——这个可能性最大，但也最不好说，因为就现在发现的他俩的关系来讲，很难看出有什么共同的恩怨。所以统统都得深挖。如果凶手就是乔兵野的话，我们也得多了解周边信息，看能否找到动机，或是撬开他嘴的证据。"

余烬慢慢地点头，看了一眼苏琳，又转过来欲言又止。阿特以为他有什么问题，鼓励性地冲他抬了一下下巴。但最终余烬也没说什么，收拾了一下，和苏琳一起出去了。

这下倒是让阿特摸不着头脑了。一直以来，他对这个少言寡语的小老弟的心思还算是摸得比较清楚的，这也是两人虽然性格迥异却相处融洽的原因。但这一回，他怎么看不懂了？

不过他也没想太多。

正好郭子敬回来了。

"从通话记录来看，乔兵野说的倒是真的，确实有一通电话打进去，时间和通话信息也完全吻合。"

阿特接过他打印出来的记录单，看了看之后收起来，说："行吧，至少这一条证实了。你也收拾一下，咱们一起去他单位那边了解下情况。"

"是。"

第十章
直觉

　　乔兵野家住市区的一个中档小区，苏琳和余烬出发的时候正赶上下班高峰期，到的时候已经是晚上七点半了。

　　两个人一路上几乎没说什么话。毕竟算不得很熟，又都不是那种特别外向的性子。

　　路上，余烬问苏琳道："脱落细胞检测结果什么时候能出来？"

　　"还要过两天吧。"

　　"哦。"

　　"等这个结果出来了，应该能往前走一大步。至少乔兵野的嫌疑到底有多大，很大程度上就能确定了。"

　　"嗯。"

　　苏琳有点不明白为什么阿特要自己和余烬一起，两人话就到此为止。

　　两人停好车走下来。苏琳正在前走着，突然听到身后传来碰撞的声音，还有一声"哎哟"。

怎么了？苏琳急忙回头，原来是余烬刷着手机低着头走路，和一个不知从哪儿跑出来的男子撞了，正在闷闷地道歉。那男人似乎有急事，也没多搭理他，扔下一句"没事"就匆匆忙忙地走了。

倒是余烬的手机被撞掉了，心疼得他整个脸都皱着。

简直像带了个小孩出门。

苏琳叹口气，也不多说，径直往前走。余烬赶忙跟上。

来到乔兵野家门口。敲门声响了好一阵才被人打开，但也只透了条缝。一张女人的脸从门缝漏出来，眼中全是警惕。

"你们是？"

苏琳一边出示警官证一边在脸上挂了点笑，说："您好，我们是千江市公安局的，这是我们的证件。有一些事想找您了解一下，可以让我们进去吗？"

女人凝神看了看证件，又在苏琳和余烬的脸上来回打量了一番，才终于松开了门链。

"请……快请进吧。"

两人走进门。女人请他们坐下，又顿了顿才像突然想起似的去倒了水来，单薄的身影略显慌乱。在灯光下能看清，女人面容秀致，长发微卷，一袭淡紫长裙外套着件针织开衫，显出一种既柔顺又典雅的美。只是眉头微蹙，双眼泛红，似乎正被浓浓的哀愁裹挟着。

"你们，你们来是……"女人有些手足无措，轻轻吸了口气才继续说，"下午他公司同事打来过电话，说……说他被警

察带走了……你们来……"

原来她已经知道乔兵野的事了。

"我们就是来通知您关于您先生乔兵野的事的。"苏琳尽量把语气放得轻松，"您别太紧张，只是有个案子找他了解一点情况而已。"

"哦哦，是这样。"女人做出松了口气的样子，勉强地笑了一下。但马上又垂下头。卷发披散，遮住了她的表情，只看到一滴泪突地滚落。

苏琳递了一张纸巾过去，说："别哭呀，真的只是问一些问题，没别的事的话他晚点也就回来了。"

女人点点头，捏着纸巾吸鼻子，没有说话。苏琳便也不吭声，让她缓下情绪。

余烬却突然开口道："那么挂心，看来你们感情很好。"

苏琳看他一眼。除了语气有点硬，话倒是说得没问题。

女人——其实已知她叫陈菀菀，和乔兵野结婚多年，两人育有一个正上小学二年级的女儿——闻言抬头露出一个哀婉的笑，说："是吧。不怕你们笑话，我们在学生时候就谈恋爱，毕业后一年就结了婚。他是真的很……顾家。我怀孕后就没再上班了，一直是他在撑着家里，里里外外没让我操过心。他从不在外瞎应酬，每天下班准时回家，对我也是百依百顺，还会帮我做家务照顾孩子。之前他说会养我一辈子，也是真的一直在兑现承诺……这么多年，要是没有他在……要是他出了点什么事……"

说着又拿起纸巾擦眼泪。余烬不为所动继续问："他下班后会去跑网约车兼职是吗？"

"是。这两年他公司效益不好，他又被调了岗，加上还贷，所以压力有点大。不过我们一直在努力面对，肯定会越来越好的……"

陈菀菀说着话的时候，苏琳一边听着，一边在打量着屋子。房子面积不大，却处处可见用心，墙上的挂画、客厅的地毯和摆设，都能看出打理者对生活品质和情调的注重，以及对家的爱护。到目前为止给人的感觉，这就是一个普通的三口之家，乔兵野也就是一个普通的上班族。

不过……她的视线再度在房间里扫了一遍，心头浮起一丝不协调感。是哪里不对？

这边的聊天（问话）还在继续。

"最近一段时间，你感觉他有什么变化吗？"

"变化？唯一的变化就是跑兼职以后，在家里的时间肯定变少了。"陈菀菀苦笑，"他很辛苦，每天回得都很晚，回来也是累得倒头就睡，哪还能有其他的变化呀？"

苏琳转头接了一句："那您认识谭思雅吗？"

"谭思雅？"陈菀菀的眉头恰到好处地皱起来，"我不认识。那是谁？"

余烬顺势将谭思雅的照片放在茶几上。陈菀菀迫不及待地俯身拿起照片，跟余烬几乎错手而过，倒把余烬惊得整个人都直了。

"这个，这个女人是谁？！"

"她是一起案件中的死者。我们在侦查中发现，您先生乔

兵野与死者有着相当深的关联，通俗说法就是他们存在着性关系，而死亡现场也发现了他的一些生物信息……"苏琳故意越说越慢，观察着陈菀菀的反应。

女人难掩惊容。顺着苏琳的话她又看了一眼手里的照片，像被烫到似的赶紧扔下。"怎么会……这，他怎么会杀人呢？不是，他，他怎么会跟这个女人……"她的视线求证般在苏、余二人脸上游走，"你们是不是搞错了？这不可能……"

"案件确实还在调查，如果真的不是他，一定会有证物来帮他说话的。"

陈菀菀的脸又白了几分。只是紧皱的眉头下视线一直游动，似乎在回想什么。

"你想到什么了吗？就近几天，乔兵野有什么异常吗？"

"……他……没有，没什么异常。"

"哪怕是一点微小的变化呢？陈女士，如果您坚信您先生没问题的话，更应该把您所知道的都告诉我们，这样我们才好尽快查清真相。"

但陈菀菀却没理苏琳的话，反而又把话题倒回去了。她说："他怎么会跟这个女人……他怎么能干这种事……这家里全都指望着他，他不会的……就算不是为了我，为了这个家他也不会的……"说着说着，眼泪又掉了下来。

这一次，似乎有点不好劝了。

苏琳有点尴尬，下意识地回头——可坐在侧后方的余烬比她还手足无措，登时有点气馁。

就在这时，次卧房门打开，一个小女孩走了出来。她先是怯怯地探头喊了声"妈妈",突地发现母亲在哭,急急地跑过来抱住陈菀菀。"妈妈……妈妈别哭……"

转头看着苏琳二人,眼神既畏惧又愤怒,小嘴一抖一抖的,不知道是想骂还是想哭。

陈菀菀赶紧收敛情绪,蹲下身安抚地拍着小女孩的背。

"妈妈没事,媛媛乖。叔叔阿姨只是,告诉了妈妈一件事,妈妈有点难过而已。没事的,啊。你作业写好了是吗?先回屋里等一会儿,妈妈去看,好吗?"

似乎也问不出更多的情况了。苏琳与余烬对视一眼,两人便起身告辞。苏琳站起身的时候,一个没注意手机从手上掉落,撞在桌角发出一声闷响,吓得女孩往陈菀菀怀里紧靠。

苏琳立刻道歉:"不好意思,没拿住,阿姨吓到你了吧?"

小女孩没搭理她。她赶紧捡起手机,和余烬一起离开。

回程的车上,又是一片沉默。但两人都在集中精神思考着。

"你什么感觉?"苏琳先开了口。

"那个陈菀菀,"余烬顿了下,"肩膀,有文身。"

"文身?"苏琳很惊讶,她怎么没看到?

"左肩。拿照片的时候……我看到的。"

回想起当时,陈菀菀的外衫随着动作而滑下,露出肩颈一片白皙。苏琳倒是没留意,她侧头看着窗外飞掠的夜景,说:"她不像啊……"

虽然现在文身的人越来越多,但文身无一不彰示着内心或多或少的叛逆,这与陈菀菀表现出来的样子挺不相符的。那是

不是说明，陈菀菀在表象之下还有另外一面？

"颜色很新。"余烬又补充了一句。

"也就是说，近期还是可能发生了点什么的，是吧？"

余烬点点头。想起苏琳没往这边看，又"嗯"了一声。

"这两个人，一个在出轨，另一个……"沉默了好一会儿，苏琳突然开口，说到一半又停下来，似乎在斟酌。

"她怎么？"

"说不好，一种直觉吧。"苏琳摇摇头，歪着头想了半天才说，"他家的餐边柜你还有印象吗？那个牌子的东西，很好看，但价格也真的很贵。这款柜子是新出的，我也想买，但是没舍得。而据我们所查和陈菀菀自己所说，他们家这半年经济应该是比较紧张的，但她还是买了，是不是很奇怪？"

"……乔兵野，出轨的补偿？"

"或许吧。但我说的是陈菀菀。她看起来一副很为丈夫为家庭打算的样子，但却在经济紧张的时候购入或接受这么贵的东西……这说不上是问题，但就是让我觉得，她很假。"

余烬看了她一眼。"情感破裂，但在孩子和外人面前隐藏。"

"对！"苏琳在他肩上拍了一下，"而且你记不记得，我手机掉了，那小姑娘反应那么大！很可能是因为，她在一段时间内持续处于压力环境中，才会形成这种反应。这两口子的日常生活，看来不平静啊。"

"嗯。有道理。"

"不平静，也许就意味着冲突与怨恨。"苏琳总结，"值得跟进。"

第十一章
突进

第二天一早，一个意想不到的客人走进了101。

是谭思雅之前工作的按摩店的老板娘。突然打电话来，说有一些事想和警察说一说。

这倒是不错。所有人都很期待。

老板娘四十来岁，大大方方的，进了公安局也不怵，接下苏琳递过来的水道声谢，转头就直接跟阿特说："我来啊，是想起个人有点怪，想和你们说一下，看看有没有问题。"说着就从手机里调出一张照片，是店里预约信息的截图。

姓名王诚节，男，下面还有手机号。余烬当即拍下来，走到一边调查去了。

老板娘继续说："这个人来过我们店里好多次，后面几次都是专门指着要小雅接待。这本来也很正常，挺多客人来多了，都有自己的偏好，所以我之前也没觉得有什么。就是这两天，

我老是回想小雅的事，想起来就很难受。这孩子，到底在我这儿干了两年，虽然内向了一点，但这么久总有点感情。而且又勤快又聪明，手法也好，我还打算给她涨点工钱再签个长约，哪想到她突然就辞职了……"

"突然辞职？"阿特插口问了一句。

"对，之前一点风声没透露，就跟我说找了个更赚钱的去处。我还以为是哪家大店看上了她，那我也不好挡人家的路啊，只能答应了。这才几天啊，怎么人就没了？"

说着老板娘的泪就下来了。其他人看着心里也很唏嘘，大好年华却惨遭杀害，无论如何都是一件令人扼腕的事。

"说说这个男的吧。"阿特递过一张纸巾，又把跑远的话头拉回来。

"诶诶。"老板娘擦擦眼泪，"就是我这两天想到小雅心里难受，觉得也是没好好关心她，怕漏了她身上的什么事情，就把所有人叫到一起都来想想。这一对，就对出问题了。这个人，老爱打听人家的家庭情况啊什么的，而且是把店里的按摩师都找了一遍，最后才找上了小雅。你说这是不是有什么预谋啊？"

"有这个可能。"阿特点点头，"您放心吧，现在我们知道了，肯定会好好查清楚的。也感谢您给我们提供消息。"

"应该的，应该的。"老板娘连声应着，脸上有种放下了一桩事的轻松。只是仍然稳坐如初。

阿特心领神会。"您还有什么事？"

老板娘踌躇了一下才说："我是想问一下，联系到小雅的家人了吗？他们来……给小雅接回去了吗？"

"这个……"阿特摇摇头，心情也跟着沉下去。确定了死者身份后，他们就多方寻找谭思雅的家人，一是请他们来认领，二是遗体将进行尸检的事也得告诉他们一声。结果却查到，她母亲很早就已过世，后来父亲又在工地上出了事，也没了。再没找到她其他亲戚，能联系上的只有一个继母，对方还表示已经和谭思雅断开联系多年，不愿来做这"晦气"的事。

老板娘似乎已经预料到这种情况，叹了口气说道："这孩子真是命苦，小小年纪没了妈，后来又没了爸。虽然有个后妈，关系又不好，把她爸的赔偿金全占了，后来还不让她回家，骂她是扫把星克死全家，高中都没让念完就赶她出来打工。她性子要强，这些事从来不愿意在我们面前多说，也是前年放年假她还不回家，非要留下来帮我守店时我才听她说起这一回。她说她不喜欢过年，没地方去，老家亲戚早就没了往来，后妈也改嫁不联系了，逢年过节就显得她孤零零的。"

老板娘说起这些，眼眶又湿润了。

"你们跟我说她没了后，我心里就想着这事。这要是她家属不管，最后怎么处理？"

苏琳说："如果一直无人认领，案件结束以后我们会走流程交给殡仪馆。"

老板娘垂着头想了想，重重叹了一口气，说："……我是想，要是一直没人出来的话，到时候你们就通知我，我来，行不行？怎么说也是在一起两年，她也帮过我不少，她走了，我也不忍心看她孤零零的，能送一送也算尽了我和她的缘分。"

这话倒是几个人都没想到的，一时间惊诧莫名。纯粹的善，

永远是世上最珍贵的东西。

"当然可以。"阿特一口答应下来。

王诚节的信息很快就查到了。

男，34岁，曾任职于一家装修设计公司。三年前失业后一直在家，无正当工作，靠母亲的退休金混沌度日。

照片上倒是一副好皮相。谈不上多帅，但挺直的鼻梁、明朗的眉眼和似乎挂着淡笑的嘴角都让人印象深刻。但他和这个案子的关联之处在哪儿呢？

倒是余烬，自看到照片后就闭着眼锁紧眉头，站在那儿一动不动。苏琳不明所以，阿特摆摆手说："没事儿，他肯定是发现点什么又一下子想不起来，进入'AI模式'帮助回忆呢。"说着拉苏琳坐下，他们得盘盘昨天调查的结果。

阿特和郭子敬去了乔兵野的公司，但没有什么特别的收获，都表示这个人工作认真、努力，虽然性格不算特别好，有些自负乃至偶尔刚愎自用，但大体来说还是讲礼貌懂进退的。确实很顾家，很少参加下班后的社交活动，但又很少把家人带出来，大部分人都没见过他妻子长什么样。

而苏琳和余烬这边的反馈则是夫妻间存在感情破裂的可能，他们理出来的几个疑点也得到了阿特的认同，觉得可以挖一挖。但怎么挖却是个问题，应该从哪儿找到突破口呢？

"家暴？"苏琳问。

这当然纯粹是猜测，仅仅是从小女孩对声响的过度反应来推论的——这种情况在处于家暴环境中的小孩身上很常见。另外就是头天回来后，他们再次询问过乔兵野，在问到夫妻感情时，乔兵野突然反问一句："你们去过我家了？"，整个人的情绪陡然变化。

"她一定会跟我离婚的……不行，不行！我不能失去她……你们为什么要告诉她！我没杀人，这个案子跟我没关系！……我，我，我认错，我一时没管住自己，但是她肯定知道我是爱她的，她肯定知道，不能离婚！让我回家，快让我回家！"说到最后，他近乎歇斯底里地大吼，倒把外面路过的人吓了一跳。

阿特只是冷眼旁观。他不知道乔兵野到底爱不爱陈菀菀或者爱有几分，但他知道，这种狂乱的情绪躁动，也常出现在家暴者的身上。

综合来看，这个可能性不低。

"已经让子敬去找找有没有陈菀菀的报警记录了。回头也会找社区或邻里再问问看。"

正说着，旁边的余烬突然大叫："我想起来了！"

"什么什么？"阿特被他一嗓子喊得有点懵。

余烬却是看着苏琳，说："昨晚撞我的人。"

苏琳眨着眼没反应过来。阿特联系前后想了想，问："你是说，昨晚有人撞了你，而这个人就是王诚节？"

"很像。"

"在哪儿？"

这时苏琳也明白怎么回事了。"乔兵野家楼下的停车场。"

　　乔兵野、陈菀菀、王诚节，这三个人之间，似乎存在着关系线。

　　尽管这条线究竟是怎么连的还不够分明，但很显然，这三个人就是命案的核心所在。

　　接下来，一方面要找出王诚节，一方面要看住乔兵野和陈菀菀，另一方面就是要挖出三个人的关联细节了。阿特马上找陆队要组织协助，以上每一条都需要人手去铺。陆忠明当然没意见。在大量人手的补充下，案件的进度节节推进。

　　拿到王诚节的电话号码后，他们马上调取了通话记录，发现有个号码一年内持续和他保持着联系，虽然并不密切，但频率稳定，而这个号码经过运营商的调查，是陈菀菀的！这两个人确实存在紧密的关系。而拿着陈菀菀的照片去满城找文身店的刘天明也有了进展。他从一家开在写字楼的文身店里调查出了陈菀菀去文身的记录，并得到了文身前的照片——肩膀处的烟头烫伤疤。更重要的是，监控里陪同陈菀菀来文身的男人，就是王诚节！

　　另一边，虽然郭子敬没有找到陈菀菀的家暴报警记录，走访社区和邻里也认为两人关系很好，但终究在小区周围的药店里查到了她购买外伤药的消费记录，且较为频繁，一些跌打损伤类药物用药量极大。

　　之前的猜测都得到了证实。

　　阿特瞬间有种拨开迷雾的感觉。

　　乔兵野与谭思雅保持着不正常的男女关系，而另一边，陈菀菀和王诚节看来也关系匪浅，这两口子……另外再联想到王诚节似乎刻意地去找谭思雅按摩，以及现场残留的特意指向乔兵野的线索，阿特几乎立刻想到，这绝不是一起因不正当性缘关系导致的激情杀人案，而是一起涉及婚姻纠纷的故意杀人案！

但仍然缺乏决定性的证据。尤其是，王诚节到底在哪儿？

技术部门又开始翻监控。从头天晚上陈菀菀家的小区停车场开始，广泛撒网，大量搜查。每个人都感觉到，离真相大白的那天不远了。

也许是老天爷看他们之前太辛苦，终于决定给他们一点线索。两条极为重要的线索在同一天先后出现。

一条是之前的脱落细胞检测结果终于出来了，在谭思雅身上提取到的脱落细胞经检测后发现了两组不同的DNA，这说明案发当天有两个人与她有过直接的身体接触！一个是乔兵野，另一个，经与从王诚节母亲家找到的头发上提取的DNA对比后证实，确实属于王诚节。

也就是说，王诚节有绝大的可能，是杀害谭思雅的真凶。

另一条却是技术部门在扫监控时的意外收获。他们在谭思雅居住小区的另一个门外的监控中发现了陈菀菀和王诚节一同出入的画面。乔兵野一直是从小区的南门进入，离谭思雅居住的那栋楼更近。可案发当天，陈菀菀和王诚节竟然也从小区的北门进入，只是他们一前一后进入，且穿着上有伪装痕迹，而且之前没有人去想过这两个人有问题，才一时没有发现。现在终于被找了出来。从监控上可以清晰地看到，陈菀菀和王诚节进入小区时乔兵野刚好从谭思雅家出来，不过是前后脚的功夫，

时间差恰好也控制在谭思雅的死亡时间段。

王诚节和陈菀菀的行迹轨迹与案发时间有了交叉点，立刻成为新的案件嫌疑人。

案情终于逐渐明朗，线索就像是一颗颗小珠子，东一颗西一颗散落一地，可一旦找到了关键的那根线，就能将珠子完整地穿成一串！

第十二章
进山

　　谭思雅的死跟王诚节以及陈菀菀脱不了关系。根据目前的线索可知，最大的可能是两人在乔兵野离开后到达现场，勒死谭思雅后清理现场嫁祸给乔兵野。

　　王诚节还没有找到，但陈菀菀却跑不了。阿特直接带人上门将她带回警局。

　　这一次，陈菀菀没再伪装出之前那副娇弱且梨花带雨的模样，几天的封闭生活让她面色稍显苍白，没有了妆容的修饰，整个人也多了几分憔悴。

　　也可能是对眼前的局面早有心理准备，她很配合地安抚好女儿，喊住了跟警察大喊大叫的乔兵野，安静地上了警车。坐在讯问室里也姿态淡定从容，抛掉上次精心扮演的周旋后，坦白得十分迅速。

　　"我早就和乔兵野过够了。本来我就一点都不想当家庭主妇、全职妈妈，可是他不让我上班，说什么为了我好为了孩子好，说什么他会养我（笑），其实就是为了他自己的控制欲。他见不得我在外头跟别人高高兴兴的样子，总把我关起来，每天等他回家，高兴了摸摸头，不高兴了骂两句。"陈菀菀语气平静，"知道吗，其实那时候我还没打算好结婚，我正在事业上升期，领导也很赏识我……可是他故意让我怀孕，又借着我身体不太好劝我辞职养胎，后来又是什么保养自己、照顾女儿，一步一步地，让我安心做任他摆布的玩偶。也是我自己蠢呗，被他那一副一个好丈夫、好父亲的样子给迷惑了，好像觉得像他说的那么过也行。可时间长了，他的狐狸尾巴就藏不住了。尤其从他工作调动之后，脾气越来越差，越来越失控，稍有不如意，先是语言羞辱，后来就动手。动了第一次，就有了第二次、第三次……每次打我之后他都痛哭流涕地求我原谅，保证没有下一次，可是永远有下一次。看不出来是吧？在别人眼里，他是打着灯笼都找不到的好老公、好爸爸，只有到我面前，他才会释放最深最毒的恶意。"

陈菀菀坐姿笔直，姿态一如那天优雅，可不同的是，她的眼睛里没有眼泪，嘴角却挂着一丝嘲讽的笑意。

"我也跟家里人说过，可他们根本不信，反而说是我在耍小脾气。回来以后又被他训。慢慢地，我不敢反驳，只能顺从，一次又一次拉低自己的底线，亲手把自己送进地狱一样的生活里。我变成听话的娃娃，在外面扮演他温柔贤惠的好妻子，表现出我们一家三口的幸福美满。可在家里，只要他不顺心，我就要做好挨骂挨打的准备。

"日子久了，好像以前那个在学校社团积极组织活动的人不是我，那个初入职场就大放光彩的人不是我。只剩下乖乖听话任他摆弄的人是我，挨打受骂不敢反抗的人是我……直到我遇到了阿诚。"

陈菟菟唇边绽放出一抹笑意，这次是发自内心的笑，甚至带着一丝怀念与幸福的味道，与回忆乔兵野时的神情形成巨大的反差。

"阿诚不一样，他喜欢我，夸赞我，珍惜我，让我重新有了活着的感觉。我又重新开始对生活，对未来有了期待。

"我想离婚，可是乔兵野不同意，他又打我，拿烟头烫我！他疯了，他已经控制不了情绪，还扬言只要我敢提离婚他就敢打死我。他把我关在房间里，锁了一天一夜，让我认错，呵！我有什么错？错的是他！应该受到惩罚的是他！"

"所以你们就精心策划了一个局，让谭思雅去勾引乔兵野？"阿特突然问道。

实话实说，陈菟菟的经历——如果一切真如她所述——确实引人同情，但一想到惨死的谭思雅，阿特的心又硬起来，语气也带着几分冷。

不知道是不是这份冷刺到了陈菟菟，她垂下头，放在腿间交握的双手忽地一颤，原来是手背上砸落一滴水珠。

"对，我让阿诚找她去勾引乔兵野，拿到他出轨的证据，就能和他离婚。我可以在所有人面前撕下他虚伪的假面具，拿回主动权！而且我们签过婚前协议，如果有一方出轨，那离婚的时候必须净身出户。呵，他可没有我（出轨）的证据。我可

以拿到房子，和阿诚还有媛媛，过新的生活，真正的、美好的生活！可是……可是我没有想杀那个女孩儿的。"

"谭思雅到底是谁杀的？"

阿特忽地抬高声音，似乎击中了陈菀菀的心理防线，她带着哭腔说："是阿诚……我们觉得时机成熟了，想拿到证据早点走离婚程序。可是那天我们到的时候，乔兵野已经走了，没能捉奸在床；本来那个女孩说好帮我们录像的，可是她反悔了，不但没有录，还想要了钱就不干了。我不答应……乔兵野心思重，要花好多心血才能让他信任，那女孩要是走了我们没有时间再去找人了，乔兵野也不会信的。阿诚跟她争执了几句，也不知道怎么了，那个女孩突然大喊大叫，说要把事情闹大……我，我好害怕……阿诚突然发起火来，他，一下子把女孩打晕了，然后说，要……要把她勒死，说一不做二不休，直接把乔兵野送到牢里去，我们就安全了，我们就能彻底在一起了……"

陈菀菀说到这一段，整个人仿佛身临其境，呼吸急促，声音也随着惊恐紧张起来。

"我不知道……我拉不动阿诚，我拉不动……然后，然后那个女孩就不动了……我不知道……阿诚说……阿诚说他可以收拾收拾，他可以让那里就像我们没有来过一样……我什么都不知道，阿诚说他来收拾，让我先出去，我真的不知道为什么会是这样，我不想的……"

陈菀菀声音颤抖，肩膀因为哭泣而微微抖动，依稀能看出之前那副菀丝花的模样。

阿特咬紧了腮帮子，旁边的苏琳欲言又止，最终只是长长地叹了一口气。

后续还问了很多。比如凶器，和凶器的后续处理；比如从案发后到当前为止，和王诚节的交流；比如当初和谭思雅如何谈合作，等等。有时候故意打乱顺序，或者就某一些事情隔三岔五地反复问，以求最大限度地让陈菀菀说出她所知的"真实"。

但更重要的，是要将王诚节捉拿归案。

这件事不算很容易。他长时间和无业游民打交道，三教九流的人都认识，社会关系极其复杂，并且具有一定的反侦察意识，竟然就这么消失了。

但人走过，必留痕。一个人不可能真的凭空消失，找不到只能说明"眼睛"还不够多。

阿特决定双管齐下。一是立即往上打报告，要求开展全市范围内的搜索抓捕行动，这得到了王局的同意；二是"警察阿特"粉丝团，出动！

很快，他就收到了反馈，王诚节竟然是躲进郊县老家的山里了。

阿特马上拨打当地公安分局的电话，请求配合搜索抓捕，同时以最快的速度带队赶过去。

连夜驾车 5 小时后，阿特终于到了。而根据当地公安局的反馈，王诚节回到这里之后就藏身在老家的旧房子里，可是不知道又得到了什么风声，夜里忽然就进了山。

老房子本就坐落在群山之中，地形复杂，小路居多。王诚节这一钻算是如鱼入海，彻底没了踪影。

刘天明看着眼前高耸的山体，气得重重哼了一声："真当往山里跑，咱们就拿他没办法了？就是钻进土里我也得给你掘出来！"

他还想再骂两句出出气，可是转头看到阿特，默默把涌到舌尖的话又吞了回去。

"特哥，你怎么了？"

阿特看着手机上的天气播报，眉头紧皱，神色担忧。

"真能挑日子，后面两天有大雨。"

夏季气候变化无常，暴雨常常说来就来。当地警察对阿特说，哪怕是对山里情况极为熟悉的老人，也不在暴雨期进山，都知道万一遇到山体滑坡，是会出人命的大事。

只能抢时间了！只有进山，赶在暴雨之前把王诚节抓到才是最好的结果，否则一旦进入雨期，抓捕更是难上加险！

当地警方全力配合，县人武部也出动民兵上阵，阿特带着郭子敬、刘天明和余烬一起跟着他们进了山。山里树木繁多，道路崎岖难走，加上空气闷热难忍、蚊虫肆虐，搜寻起来特别艰难。刘天明一路上都在骂骂咧咧，一会儿骂这山这将下的雨这难受的天气，一会儿骂王诚节太能折腾，抓回去一定要多判个几年才行。

可令人失望的是，在山里足足待了一天也没有发现王诚节的踪迹。

天色开始见黑，入夜搜查难度会更大，进山携带的装备有限，也无法在山里过夜。一天下来，众人的精神体力消耗也极大，就连适应地形的当地人也觉得有些吃不消，余烬更是因为闷热出现中暑现象，中间还吐了几次。

不能强撑了。阿特想了想，决定先撤出去，做好补给后再重新进山。他把余烬的胳膊搭在肩上，搀着他往前走。

不成想到了一段下坡路的时候，余烬忽然踩中一截枯树枝，脚下一滑，整个人瞬间跌了出去！

第十三章
王诚节

"余烬！"

阿特惊呼之下反应迅速，立刻伸手去捞，敏捷地抓住了余烬的手腕。可滑坡的地形加大了滑落的速度，阿特也被惯性带摔出去，紧急关头，他伸出另一只手抓住了一段树干，咬牙用力拉住余烬，力气大到额头青筋暴起。

"快！快拉他们上来！"

好在郭子敬就跟在他们身后，听到动静及时叫上刘天明，几人合力把余烬拉上来。经过这一波力气消耗，阿特也累得躺在地上说不出话，只剩胸膛剧烈地喘着粗气。

"特哥，多谢。"

余烬靠在树干上，苍白的脸上挂着个苍白的笑。

"跟我还说这些。"阿特抬手作势捶他一拳。

余烬倒也没躲，只是喘着大气盯着头上漆黑一片的树顶。

说起来，刘天明的体力也不怎么好，几个人趁机在这里歇口气。也不敢多耽误，稍微休息了一下就准备继续下山。阿特扶着余烬正要走，忽然耳边传来一阵微弱细小的呻吟。

他脚步一顿，转头问其他几人："你们听到了吗？"

"什么？"刘天明不解。

阿特停住不动，留神又听了一遍，可声音又不见了。

"我们还有同事在后面吗？"他问。

郭子敬说："有。还有一组人押后，但离着我们还有一段距离呢。"

那到底是什么声音？

阿特还是不放心，又问了一遍。那三人面面相觑，都说没听到什么。他又往远处走了几步，却又什么都没听到，仿佛刚才真的只是他一个人的幻觉。

确定没有异常后，阿特也没再留意，天色越来越黑，现在所有人需要回去休息，补充体力，他也不想耽误大家的时间。可就在他抬脚准备走的时候，那声呻吟又出现了。

尽管非常微弱，却实实在在地传入了耳朵里。

阿特立即喊道："赶紧叫人，让警犬过来，下面有动静！"喊完就往四周观察，想判断声音的来源。

刘天明还没反应过来，余烬直接拿过他手里的对讲机开始喊："王队王队，请呼叫警犬向我们靠拢，有发现！"

这边喊着，那边已经开始了搜索。警员带警犬来支援的时候，阿特已经确定了声音范围。

他在周围发现了枝丫有折断压损的痕迹，顺着找到了坡边的一处小断崖。只是地形陡峭，加上天色昏暗，看不清下面的情形，也看不到下去的路。

阿特对着下面大喊了几声，没有得到回应。要不是有树枝折损痕迹佐证，恐怕连他自己也会以为幻觉作祟。

阿特把情况做了个简单的说明，警员带着警犬先在周围嗅了一圈，再领它来到崖边，警犬果然开始吠叫起来。

崖边地形危险，几人用绳子和树枝进行固定，小心地开了一条道往崖下探去。警犬工作卖力，四处搜寻，几人跟随警犬脚步，四周查看，最后在一处山洼里发现了受伤的王诚节，他的右腿有摔断的迹象，身上多处有擦伤，人已经陷入了昏迷。

阿特简单地给王诚节处理了伤口，其他人联系的支援也到了，大家用担架把王诚节艰难地转移了出去，立刻下山送往医院治疗。

一天后，县医院的病房里，刘天明看着窗外倾盆的大雨，啧啧感叹道："这小子命真好，特哥，要是你没发现他，他的命一准儿得交代在那里。等大雨一下，那山洼还不得淹成河！"

"说明他就不该交代在那儿，得交代在法律上。"阿特拿着水果刀和苹果，一圈一圈，正在匀速地给苹果削皮，"等他术后情况一稳定，咱们就转回市里。"

王诚节从半山崖上掉下去，除了小腿骨折外，内脏还有破裂痕迹，当时一送到医院就安排了手术，算是捡回来一条命。

"所以说，那些犯了事儿逃跑的人，以为自己能跑得掉，不可能。就像王诚节，要是老老实实自首，说不定还能少判点。

非要跑，结果把自己半条命搭进去，最后还是落到咱们手里。"

"所有犯案潜逃的人都白忙一场我才高兴，那就说明案子侦破比例变高，对受害者都能有个交代了。"

郭子敬在旁边也跟着乐道："那估计王局和大队长睡觉都能笑醒了。"

余烬正躺在床上输着液。阿特把削好的苹果递给他，他也只是接过来默默啃着，一边听同事们闲聊，一边在心里下决心要好好练体能。往后的任务还多着呢，他可不想总是拖后腿。

第十四章
另一种说法

　　王诚节从昏迷中醒来的时候，人已经通过特殊通道押回了千江市。面对眼前的局面，他知道再想逃也没有机会了，为了争取减刑，不等身体状况好转就主动要求讯问。

　　最后病房变成了讯问室，王诚节态度配合地对案件做了完整的供述。他对自己杀人的事情供认不讳，但在说到具体过程的时候表示，一切都是陈菀菀的安排，她才是罪魁祸首！

　　"那个女人，心硬得很！当时她让我弄晕小姑娘，我还以为她就是怕人家吵得左邻右舍都听见而已。结果，结果她从包里拿出一副冰袖，竟然让我把小姑娘勒死！杀人啊，我想都没想过！但是她说，我们折腾了一大圈，不能没有一点收获，把小姑娘放走了前面的都白搭，还留个隐患，但要是把人杀了推给乔兵野，我俩都有好处！我也是，我也是一时脑子抽了，竟然觉得她说得对，就……就下手了。"

听完这话，阿特和苏琳对视一眼。好嘛，都把责任推给对方。

"可是据陈菀菀所说，这都是你的主意。"阿特简述了一下陈菀菀的供述。

阿特的转述让王诚节陡然发怒，甚至顾不上身上的伤，差点从床上跳起来，可惜右手被手铐铐在床头铁架上，上身起来一半又被迫躺了回去，左手背上扎的静脉留置针都差点因为动作太大被甩出去！

"干吗呢，老实点儿！"

阿特一声呵斥，王诚节不甘心地坐好，只是胸口还在剧烈起伏，牙关咬得死紧，导致面部肌肉都抖动起来，谁都能看得出来他的愤怒。

"这个婊子！老子弄死她！"王诚节不甘心地愤愤大骂，脏话咒骂喷溅出口，戾气挂满整张脸。

"注意态度，好好交代！"阿特曲指敲敲床架，再次警告王诚节。

王诚节咬牙沉默了一下，突然换脸，露出讨好的笑，对阿特说道："警官，你们不会真信了那个女人的话吧？她想把责任都推到我身上，自己干干净净，那不可能！我刚才都交代了，这事一直都是陈菀菀策划的，什么动手时她害怕不敢看，我呸！还能再编得假一点吗？"

"你们的供词有冲突，要么其中一人撒谎，要么两人都撒谎，我劝你不要有所隐瞒，再想想还有没有要交代的。"

"我真没隐瞒啊！"王诚节想起誓，习惯性地举起右手，发现被铐住又悻悻放下，"就冲着你救了我这条命，我也不会撒谎的！我连杀人的事都认了，还有什么不敢认的？法律上该怎么判我都认！可是我不能看着陈菀菀把自己择出去，什么脏水都往我身上泼吧？"

阿特冷哼了一声："你们不是好了一年多么，怎么，现在翻脸不认人了？"

"是好了一年多，但既然她要往我头上扣屎盆子，我难道还要跟她讲感情？"王诚节依然愤愤不已，"本来一开始找她就是图有个人玩玩还有钱花，她多好上手啊，说点好话，玩点儿暧昧，她就上钩了。我能为着她去找人，甚至帮她杀人，已经够意思了吧？！我也犯不着为她扛罪啊。"

到医院来复查的余烬此时也在旁边听着。阿特留意到，王诚节的这番话似乎让他有所触动，现在垂着头站在一旁，看起来没有表情，但眼皮上的活动已经暴露了他正思绪万千。

也不知道这小子都想了些啥。

兴许是气头过了，王诚节说着说着，突然讨好地笑笑道："能给两口水喝吗？"

阿特示意余烬倒水，打断了对方的思索。

王诚节接过水喝了一口，润了润喉又接着道："说来说去就这么回事。跟她在一块儿，不就图个日子舒服嘛。一开始找人骗乔兵野再捉奸在床的主意就是陈菀菀出的，她说这样打官司能把那套房子分过来，这我肯定乐意啊，那房子我都住习惯了，要是真能分下来，以后我不也能住进去么。"

王诚节这话说得脸不红心不跳，阿特瞥他一眼，实在想不通陈菀菀怎么会找了这么一个人。他想了下，问道："为什么找上了谭思雅？"

"我有个兄弟跟她住一个小区，天天能见着面，知道这女孩生活简单没什么心眼。有一回正好听到她打电话，好像是要急用钱，手里不够还给人打包票说能凑上。他提了一句，我就觉得这女孩还挺合适，就去找了她几回，套套话就问出来了，家里情况简单，人也确实缺钱。我这露了口风，她一开始还不答应，后来过了一晚就跟我说愿意干，为了表决心还辞了职过来的。"

"你知道谭思雅为什么缺钱？她赚的钱又去哪儿了？"

"她不肯说，不过我还不能查吗！网恋了，要不说女孩单纯好骗呐，隔着一根网线，那头说自己得了绝症没钱治，剃个光头涂个白惨惨的粉底就把她骗到手，心甘情愿地把存款都打过去了。"

苏琳打字记录的动作一顿，但转瞬又恢复了正常。

王诚节还在嗤笑谭思雅的"傻气"："要是她有陈菀菀一半的城府，也不至于死了。"

"人渣！"回到101，苏琳气得把记录本使劲往桌上一拍。

"对，人渣。"阿特倒是比她平静很多，"反正他故意杀人是没跑了，自有法律对付他。但现在的问题是，两份供词说法不一致啊。"

根据王诚节之前的交代，他们一开始只是想通过谭思雅直接捉奸在床，这样比单纯的视频证据要更有力。可是当天谭思雅突然反悔想撂挑子不干，陈菀菀不同意不愿付钱，争执中谭思雅说不给钱就报警，大不了大家一起被抓。这让十分畏惧事情被乔兵野知道的陈菀菀起了杀心。

证词最大的出入点就在这里。陈菀菀说是王诚节情绪上来激情杀人，可在王诚节嘴里，是陈菀菀主动提出杀人，甚至还在一旁冷静地看着谭思雅咽气，所谓吓到发抖不过是她自己的开脱之词罢了。

到底孰是孰非？

"你们怎么看？"阿特下意识地敲着桌子。

第一个说话的竟然是沉默者余烬。他的脸色比中暑那天还差，他说道："都不是好东西。"

阿特一下给逗笑了："专业点，你是警察！"

这话说得余烬脸上一僵。他似乎有点不好意思，生硬地转去找郭子敬道："王诚节的手机。"

郭子敬怔了一下，才想起将手机连证物袋一起递给他，然后又继续听着这边的讨论。

"这件事的问题就在于对陈菀菀的指控。要按她自己的说法，她顶天了只能算是个包庇，知情不报；但要按王诚节的说法，就算她没动手，一个教唆罪是跑不了的。"苏琳也冷静下来了。

"要是屋里有监控就好了。"刘天明嘟囔一句。只是谁都知道这是毫无意义的期待。

"要是还有鞋印就好了。"没想到苏琳也跟了一句，"站位其实也能说明很多问题。"——但这也是毫无意义的期待。

"唉……"不知道是谁开了头，几个人竟然齐齐地叹了一口气。

还有什么办法……

"常理来说我会比较倾向于陈菀菀的说辞。如果她真这么心狠手辣又心思深沉，也不至于屈服于乔兵野的暴力了。"陶美娟说。

"这很难说的。"阿特摇摇头。一个人的行为和性格的确有惯性，但也有很多情况会带来异变。说不定就是因为长期处在压力环境中，才让她变得阴狠的呢？

"主要是，王诚节看起来确实很像会激情杀人的人啊。"刘天明摸着下巴说。

"看起来？"郭子敬讽刺他一句，"你去跟检察院说'看起来'，看他们会不会把案子给你打回来！"

刘天明回他一个白眼。

阿特没理会他俩的闹腾。现在的形势对陈菀菀很有利，毕竟她的"教唆"只有王诚节的口供，而缺乏实际的证据。人是王诚节杀的，清理现场也是王诚节做的，证据链的指向都是王诚节，而在她这里，只能证明她到过现场。以目前的证据提交检察院的话，她有很大的可能从中脱身……

但阿特始终隐隐觉得，她不是那么简单的女人。她能在苏琳他们第一次上门的时候做出那么好的伪装，难道就不能伪装第二次？

正在这时，他突然看到余烬举起了手。

"怎么，你有发现？"

余烬转过来说："我在王诚节的手机里找到了一条通话录音。"

王诚节应该是在通话时无意中碰到了录音键，才录下了一部分聊天内容。

因为他自己也不知道，所以并没有提起过。而这段录音里的内容，恰好能从他们的对谈中推导出，在这场命案中，陈菟菟是那个主使者。

阿特长舒一口气。

虽然录音文件在法庭上的效力比较低，但却将整个链条补充完整了。而以此为突破口，他们终于撕开了陈菟菟的伪装。她的脸上再也维持不了从前的平静。

她认罪了。

认罪后的陈菟菟脸上没有一丝笑。虚伪的温柔已经消失不见，曾经好看的双眸里只剩下一片冷漠。

或许此时翻腾在她心里的只有恨吧，阿特想。对乔兵野多年虐待的恨，对王诚节"背叛"的恨，对找出真相警方的恨，对命运的恨……以及，对自己的恨。

所有人都曾以为她是温室中被保护的鲜花，却不知浇灌她的是暴力和伤害。最终这些恶让原本柔嫩娇弱的菟丝花长出了荆棘，害了别人，也害了自己。

这桩杀人案至此水落石出，陈菟菟和王诚节将被依法移送检察机关审查起诉。

案子结束以后，阿特只觉得心里闷闷的。无辜受难的被害人、心里充斥着阴霾的教唆者、践踏他人尊严和生命的凶手、施予扭曲爱意的暴力者，这个案子里有太多引人唏嘘之处。

只是这些阿特没有将情绪表露出来。同伴们已经开始庆祝，天眼工作室运转顺利，小组成立后的第一个案子破获得很快，让大家伙儿心里充满了成就感和喜悦。

101办公室里，刘天明最先跳起来。

"特哥，忙活这么久，我们也该休息一下了吧？大伙儿一起吃个饭怎么样？"

郭子敬呛他道："你请？"

"我请就我请！咱说得出，办得到！"

"就你那仨瓜俩枣儿，够吃什么的？"

"嘿！你！"刘天明跳起来就要给他一锤。

余烬突然站了出来。"我来吧。想吃什么？"一边说着，他已经拿出手机做出拨打的样子，只是眼神还在四处瞄，似乎在等待指令。

刘天明有些好笑地看着这小年轻，随口开玩笑道："小伙子有前途！来，给上个五星级酒店大餐！"

"好。"余烬刚一口答应，正要继续说点什么，一个巴掌轻拍在他脑袋上。

"好什么好！晚上下班街边撸串，我请客，谁都别抢。"阿特摆出老大的架势，终止了这场闹腾。他当然知道余烬是富二代，这对他来说不过小事一桩，但真是没必要。

还是平实点好。

"正好天眼成立就碰上这案子了，大家也还没聚过，就今晚，谁都别缺席啊。"

几个人都兴奋起来，陶美娟笑嘻嘻地鼓掌，余烬也带着笑

放下了手机。101一下子变得热闹起来。只有苏琳那边格外安静，她甚至很久没有说过话了。

"怎么了？"阿特起身走到苏琳桌边，顺手帮她接了杯水。

"谢谢。"苏琳握着杯子，脸色还是有些不好，"也没什么，就是想到了谭思雅，这个案子，最无辜的就是她了。"说着又抬头看向阿特，"她被骗的事，你准备接着查，还是交出去？"

这个问题阿特倒是没想过。就他自己本心而言，其实都可以，只要能查清真相，由谁来查并没有区别。但既然苏琳提到了……"就我们接着查呗，把她的事查个清楚。"

苏琳终于露出回到101后的第一个笑。

"嗯，好。"

第十五章
"骗子"

本来以为就算有余烬这种技术大拿在，要查清网络诈骗也是需要一番时间的。但没想到整件事快得超出想象。余烬几乎是刚动手，就找出对方的问题所在了。

谭思雅和对方是在一款网络游戏中认识的。

而就在这个游戏的论坛里，余烬直接看到了一条寻人信息，描述的种种特征恰恰和谭思雅吻合。

另一方面，通过对银行转账记录进行查询，苏琳也得到了收款人信息。一个中年女人，有个儿子，而其子的容貌正好和论坛上那条寻人帖的发帖人头像一致。但让她很惊讶的是，收款人并没有再立刻将钱转移，这不符合网络诈骗的一般通例。

而其后该账号的大笔金额转出对象，是医院。苏琳想起王诚节说的骗谭思雅钱的人，就是说自己"得了绝症没钱治"，难道……是真的？

对方的信息没有丝毫遮掩地摆在了警方面前。

丁明浩，男，20岁。邻市楚江大学大二生，目前休学中，休学的原因是生病。也确实在医院里查到了他的登记记录，当然详情就需要进一步调查了。

这些信息让苏琳再次心头一沉。没想到悲苦的谭思雅背后，很可能还有一个更悲苦的故事。

游戏论坛的头像上，丁明浩是个长相斯文俊秀的男孩，即使剃着光头，眉眼依旧生动。黑白色的滤镜盖住了面色的苍白，只是仍能看出瘦削得不正常，与他正在遭受病痛折磨的信息相符。不过他冲着镜头比"yeah"的样子，又显现出了几分积极阳光。

没有证据表明这对母子在骗取财物。

但这并不能让苏琳安心。如果不能彻底搞清楚这件事，她总觉得对谭思雅有一种亏欠感。

她向阿特申请前往邻市调查。本想着自己去就好，到了那边再请一位当地同事随行，没想到余烬突然提出和她一起去。

两人到了邻市，直奔丁明浩所在的医院。出示证件并说明情况后，院方提供了丁明浩的详细病历。胃癌，并伴有淋巴转移。病势的确相当深重。这样还要找他本人了解情况吗？苏琳犹豫了。

但是……谭思雅失去了生命。尽管这不是丁明浩导致的，但一想到那个年轻的姑娘，仅仅是为了给一个非亲非故、只是网络上认识的人筹钱而失去生命，苏琳的心底里就有什么东西在隐隐作痛。她还是决定要去直面丁明浩，看看清楚，他到底是怎样一个人。

但丁明浩母子搞清楚他们是为谭思雅的事而来了解情况的警察后的反应却大大出乎她的意料。

"思思她，怎么了？"丁明浩本人看起来比头像上更憔悴、更瘦弱，他叫着谭思雅在游戏里的名字，"她是不是犯错了？她肯定不是故意的，她，她特别好，特别好……"

而丁母的反应更复杂一些。明明才刚过五十却已满头白发的女人，看看他们二人，又看看儿子，拉着苏琳袖子的手有些颤抖，声音也小小的，说："她是不是为了……钱，才犯错的？我把钱还她，让她拿去赔吧。那孩子是好人，真的是好人。"

苏琳突然鼻酸。这些话一下冲垮了她心里因为怀疑而构筑起来的壁垒。她侧过头去。

"钱，什么钱？"丁明浩突然明白过来，"妈你怎么能要她的钱！"

丁母没有说话，只是拉着苏琳问要赔多少钱。苏琳一时难以搭话，倒是余烬突然站出来。"你们放心，谭思雅没有犯法。"他盯着地板，"我们只是就相关案件来了解一下情况，不代表她是嫌疑人。"

丁家母子稍稍松了口气。苏琳也缓和了情绪，说："嗯，我们就是想和你们聊聊，你们接触到的、认识的谭思雅，是个什么样的人。"

在丁明浩口中，谭思雅是个活泼又善良的小姑娘。

他患病有一段时间了，后来还不得不办理休学而住院治疗。

旧日的交际圈在长期的治疗过程中慢慢从他的生活里淡去，他只能在网上找一些人聊天说话。

在一个网络游戏里，他和谭思雅因为互相帮助而认识了。两个人倒还蛮合得来的，慢慢地从游戏里的伙伴，变成无话不谈的朋友。话题也从游戏相关的事，延伸到生活里的方方面面。和之前调查到的那个内向孤僻的形象不同，在丁明浩这里，谭思雅有很多真实生动的情绪。她会吐槽客人难伺候，吐槽周边外卖又贵又难吃，吐槽加班让人疲惫；也会喜欢某一天天气晴好，为树上的花开了而满怀喜悦，会和他说遇到老板娘真好。

她还有很多遗憾，说总听到那句"世界那么大，我想去看看"，可是她从未向世界迈开一步；她说如果念完高中考上大学，也许她会有不一样的人生。她畅想大学校园生活的精彩，幻想坐办公室当白领的感觉。

丁明浩的出现填补了她的一半遗憾，他会告诉她高考的紧张，告诉她填志愿时难以抉择是什么心情，告诉她被心仪大学录取是多么让人激动。

他告诉谭思雅他所经历的一切，大学的哪个食堂饭菜最好吃，哪个老师的选修课最难逃，哪个社团的活动最精彩，哪门考试会挂科最多……

他们就像两只折翼的鸟，借着网络，透过对方的眼看自己未曾见过的那片天空。

在聊天过程中，丁明浩倒也没有隐瞒自己生病的事，这是对朋友的真诚。

不过也并不会卖惨。不会刻意去说治病早已花光家中所有积蓄，或者强调治疗的速度根本追不上病情恶化的脚步。只是不避讳说到离开。偶尔也会开玩笑，说要是哪天他撑不下去了，希望谭思雅不要那么快地忘记他。

谭思雅主动说过自己手上有一笔积蓄，向丁明浩索要账号，但被他拒绝了。

他很想活着，但也不愿意为了自己有更多活的机会而让本不相干的他人陷入泥潭。

只是没想到母亲却背着他收下了这笔钱。——说到此处，他长长地叹了一口气，却又拉起妈妈的手。妈妈的想法其实他完全能明白，只是在此事上，母子二人有着不同的意见。

前段时间他因为严重的病理反应被再次送进 ICU 治疗，等他稍有好转从 ICU 出来后，却发现怎么都联系不上谭思雅，于是才在游戏论坛里发了帖子寻求帮助。

说完这些，他已经很累了。他躺在床上细细地喘着气，明亮的阳光透过窗户缝隙照射进来，可落在他脸上，只照出毫无生机的灰败。

一丝痛苦爬上苏琳的眉间。她有些后悔来找丁明浩了。她深深地呼吸一口，才压下心头翻滚的情绪。

"你所说的和我们之前了解到的谭思雅，还真挺不一样的。"她故意语调轻快，"她周围的人都说，她很聪明能干，但不太爱说话，内向寡言，和别人没有太多交流。但你的叙述让我看到了她的另一面。看来她在你这里，也得到了她想要的共鸣和快乐。"

小伙子轻轻地笑起来。

这时护士走了过来，请他们注意时间，不要耽误病人的休息。已经得到了想要的答案，苏琳点点头，再对丁明浩说了些安慰和鼓励的话，便和余烬一同告辞。

只是一走出门口，苏琳就再也忍不住自己的眼泪。

这两个年轻人多么善良温暖啊，可为什么要遇到那么多苦难呢？

她不想让余烬看到自己这个样子，快步往楼梯口走。余烬赶紧跟上。只是刚走到楼梯口，他俩就被叫住了。是丁母追了过来。

苏琳赶紧擦掉泪水。

可惜已经迟了。丁母看到她这个样子，大为惊讶。"同志，你们……"她转向余烬，"思思那孩子到底怎么了？"

余烬看了苏琳一眼，说："她遇害了。"

"啊？！这……"丁母半天说不出话来，视线急切地在二人脸上来回徘徊，似乎想看出一丝欺哄的痕迹来。可再一想，他们是警察啊，警察能拿这种事开玩笑吗？"是，是因为什么事……"

"因为遇到了坏心肠又处心积虑的客人。"苏琳把话接过去，隐瞒了谭思雅是为挣钱才入局的事，"现在案子已经侦破，凶手被捉拿归案，一切尘埃落定。"

"唉。"丁母呆愣了好一会儿，才从兜里摸出一张纸来，喃喃道，"本来是想找你们再说说钱的事……虽然她没要……"

苏琳一眼瞥去，那是一张欠款。她迅速理解了丁母的意思：谭思雅没有收下这张欠款，但丁母仍想拿它来证明谭思雅是个愿意用大部分积蓄去帮助别人的善良人。她团着丁母的手握紧了那张纸："现在已经不需要了。这钱，好好给小丁治病，这也是她的心愿。如果需要帮助，也可以找我们。"

丁母长叹一声，点着头。突然又猛地抓住苏琳的袖子，说："她别是因为钱才出事的吧？！那我这……"

苏琳被她的敏锐吓了一跳，赶紧打断她道："别胡思乱想。"想了想，又加了一句："尽量……尽量让小丁少上网吧，这段时间。过一阵儿，过一阵儿可能就慢慢没消息了。"

她心里有点乱，匆匆地安慰了几句就下楼了。在楼下等了一会儿余烬才跟上来，也没多说什么，径直开车上路。

直到回到千江，苏琳的情绪仍然不高。

只不过谁都没有多说什么。同样的一件事，落在不同的人身上，感受都是不同的。谁也无法代替他人去体验，去感悟。只能靠自己闯过去。

101一如既往的忙。案子虽然完结了，但后续的材料整理仍然是一堆事，何况还要破天荒头一回地将一场凶杀案的内容整理成视频放到账号上，也是一件相当费思量的事。惯例的更新也要照常发布，这些素材同样需要人去跑去录去制作，连轴转的日子总是很难停下来的。

所以当老板娘打来电话，说准备为谭思雅办遗体告别及火化的时候，他们实在很难抽出时间去参与。原本陶美娟曾提出，他们几个人都要去同谭思雅告别，毕竟这是天眼工作室（小组）成立后的第一个大案，对他们来说有着不一样的意义。但最终

只有苏琳作为代表，带着每个人都贡献了一份的特别大的花束前往。

那天下了一场小雨，幸好到达殡仪馆时，雨已经停了。

按摩店老板娘一身黑裙到场，一起来的还有店里几个老员工，都来送谭思雅一程。

同时，到场的还有一个苏琳意想不到的人，丁母。

"您怎么来了？小丁怎么样了？"仪式结束后，苏琳迫不及待地问起来。

丁母的气色看起来比之前好一些，只是面容上仍挂着褪不去的愁绪。她说："他还好，现在情况比较稳定，也请了护工在照顾。我这……听说今天是送思思，所以得来看看。这也是浩浩的意见。"

"他……知道情况了？"

丁母叹了口气，点点头，但又笑了一下，说："他之前不是发帖子找人吗？有人告诉他了。"听到这里，苏琳皱了下眉，说"当时他……唉，难得得不得了，又气我不告诉他，又拼命要找相关的东西看，那两天的状态特别不好，把我，把医生都吓到了。这时候突然接到一个电话，是跟你一起来的那个小伙子打来的。"

余烬？

"他也没多说什么，就是让浩浩上游戏。我把电脑给他搬到病房，他刚登上去就愣住了——我也不懂他们那些这啊那的，是之后他才跟我说，思思被做成了游戏里的人物。还给了他一封信，我问他信上说了什么，他只是说，让他'努力去看思思没有看过的世界'。游戏里有好多人围着他，跟他说话，论坛上也有很多人回帖，我就看他开始哭，但是哭完了，情绪明显好多了。游戏里好像在给他们搞什么活动，还有人在捐款，我们都说不用，有个孩子跟我们说，捐款每人上限 10 元，就是大家的一个心意……"丁母说着，擦了擦眼角，"这段时间，浩浩的情绪明显好多了，心态也比较积极。有时候想起来还是会难过，但跟你来的那个小伙子对他说，等他康复到一定程度，就把思思的事原原本本告诉他。他也算是有了个盼头，现在倒经常念叨，说'哪怕多活一天也是好的'……"

苏琳听着丁母拉拉杂杂地说着丁明浩的变化，脸上也渐渐浮起了安慰的笑。曾经因为病痛和罪恶而陷入谷底的年轻人，似乎正应着头顶的光，虽然缓慢但是确实地往上走。她仰起头，刚好看到雨后仍在薄云翻卷的天空，蓝得湿漉漉，又活泼泼的。

真好。

她突然想起那天回千江的路上，余烬说："网络是个容易让人卸下负担的地方。既能让恶轻易地衍生，也能让善轻便地联通。"

第十六章
粉丝

苏琳和余烬的心情，其实阿特都有所察觉，只是他没有去管。一个人想要有所改变，靠的还是自己的力量，他觉得，自己在背后看着、托着就行了。

他的精力还是更多地放在工作上。

谭思雅的案子，最后被阿特做成了一期特别视频——当然，真的要发布在账号上，他也是专门去和领导打过申请的。

申请的时候当然要先展示视频是什么样的。

细节和一些关键信息都做了模糊处理，重点放在警方如何勘验线索和追捕嫌犯上。毕竟目的是普法和展现警察真实生态，而不是让网友继续去关注可怜的被害人。

不过团队大了，内容就更丰富了。曾经阿特也有很多在视频上创新的想法，但一个人弄不了太多。现在一下子有了团队，很多想法就有了实现的空间，BGM、字幕、特效，一一加持。

前半截的推理主打一个百转千回又节奏明快，王诚节自以为"干干净净"的现场其实残留了无数信息，只不过需要时间等待仪器检出——在越来越细致入微的技术面前，不可能有人能做到不留痕。后半截的抓捕主打一个气势磅礴又机敏勇锐，天眼小组联合当地警方和民兵队，在乌云翻涌的天色下奔向幽深沉静的大山，音乐恢宏而带有紧张感，人物精明能干。最后又是画面一转，花絮部分无数脚滑、摔跤、与蚊虫打架、与林中荆棘作战的画面被剪辑到一起，后期又加入特效之后，十分明显地突出了他们这一路的真实现状，各种状况之外的反应也令人忍俊不禁。

其实这就是真实呈现。职责所在，这四个字，让人不去退缩。高温闷热的艰苦环境里，没有人有一句抱怨，"失误"之后，没有人顾得上关心自己，永远都是爬起来回到岗位继续工作。

最后的最后则是感谢和鼓励。感谢最初的投稿人，感谢提供线索的每一个人，感谢人们没有因为"多一事不如少一事"而放过身边的异常，这才让受害者的冤屈能尽快洗清；并借此鼓励大家踊跃向天眼提供信息和线索，人民群众的眼，才是真正的"天眼"。

阿特很满意这个视频。不过看陆忠明全程板着脸看完，一直到视频结束也没有说话的样子，他不免有点忐忑。

他不担心陆忠明本人的接受度。陆忠明绝不是一个刻板的人。虽然看起来严肃又古板，但其实他能够接受新生的事物，也能以发展的眼光看待问题。至少这个视频，不管是内容还是形式，都让人耳目一新。他相信陆忠明一定会欣赏这个成果。

但毕竟他的账号已经今非昔比。

以前只是自己搞，同事、领导喜欢不喜欢，严格说起来是可以不那么顾虑的。但现在是拿着全局力量支持的官方账号，所有人在看待它时，除了从个人喜好角度来考虑和评判外，也会更多地从工作、警察整体形象、警民关系的具体设定的角度来进行考量。这种视频形式跟以往的风格不一样，这种创新能不能被接受并允许被发布，会不会影响天眼在粉丝心中的调性，被娱乐性冲淡严肃性，这些在没有发布得到真实反馈以前，谁都没办法保证。

不过这份忐忑绝不能表现在脸上。

陆忠明看着阿特一脸坦然与自信，倒是自己笑开了。

"怎么，就这么有信心？"

阿特眉毛一挑，说："那必须的，我都敢拿给您看了，心底还能没点儿数吗？"

"呵呵。"陆忠明拿手指头点点阿特，没多说什么。其实他心里倒是有些小满意。这是他选中的人，从知道阿特做账号开始，他就在暗地里默默关注着，阿特从自娱自乐到越来越有责任感，账号的一步步发展，陆忠明都看在眼里。

愿意赋予他更多的责任，其实就是对于他的认可。破案只是一个方面，赵维义带出来的徒弟，在这方面的表现他不担心。但更重要的是他知道怎么做事，做完了还知道怎么说——对网友，对民众。"说"其实是一件复杂的事，它不能是高高在上的宣讲教育，而必须让人听得入耳，看得入心，有了解的兴趣和意愿，最终才能转化为信任和交流。

——所以，倘若他知道阿特现在的心中忐忑，倒是会不以为然吧。既然点了他的将，也决定了让他去闯，那就不会随意指指点点，让年轻人不敢去走自己想走的路。

"是不错。"他努力放平嘴角。

"那您给具体说说，是哪里不错？"

陆忠明一手正端着茶杯准备往嘴边送，听见这话水也不喝了，笑道："哦，你这是给我送考题来了？这光看不行，还得写影评，是这个意思吗？"

"哪是这个意思，陆队您可别误会我。"阿特摆手道，"我是想让您给我们提一点宝贵的意见，要是有不好的地方，我们回去也好改正嘛。"

阿特话说得很诚恳。

一双狭长的眼睛，笑起来透着一丝狡黠的机灵劲儿，中和了眉眼处的锋利。

"行了，跟我还玩心眼呢？你想干什么直说。"

阿特耸肩道："您真冤枉我，我是真心求您指教来着。"

"你小子还不说实话是吧？"陆忠明见阿特跟他绕来绕去不说实话，哼道，"行，不是要意见吗？我可提不了，要不我这就把视频送到王局那去，王局见识多广，他提的意见一准得行。"

陆忠明说完作势起身，伸手要去拔 U 盘，阿特果然上前阻止，忙道："别别别，陆队，我错了，我跟您开玩笑呢，王局日理万机，咱就别去打扰他了。"

陆忠明用食指虚空点了阿特额头两下，骂道："你小子，

没事儿跟我这贫嘴，依我看，就是缺个人治治你！"

"我又不是受虐狂，有您和王局看着，我就出不了错，哪还用别人治？"

陆忠明哼了一声，面色缓和，问道："到底有什么事，少在我这卖关子。"

阿特看时机成熟，也不藏着掖着，直接说道："这视频能这么精彩，也不是我自己的功劳，大家伙儿都功不可没。我也没别的意思，就是想让他们在您这儿露个脸挂个号，我们天眼每个人都厉害着呢。"

陆忠明听了有点意外，原以为阿特是讨功劳来了，没想到却是帮团队讨的。陆忠明心里暗自赞许。能够看到并用好成员的优点，是一个团队组织者的基本功；而能够为团队其他成员争取利益，也是强化凝聚力中很重要的部分。很显然，一个大案磨合下来，天眼工作室不再是"一个标新立异的阿特和其他支援人员"，而是真正拧成一股绳，成为一个合格的集体了。

陆忠明实事求是地点头赞许道："形式很新，呈现的内容也很丰富。"

得了这句话，阿特才算真正放下心来。年轻人一天一变的新鲜样儿并没有让领导觉得过于流俗，那就好。他嘿嘿地乐道："就我们这些人，肯定创意丰富啊，想法多着呢。而且我能保证这视频发布出去，肯定会有不错的反馈。"

"行，你自己有信心就行，天眼我们是放心交给你打理的，你大胆往前走就行。"

"行嘞陆队！我们一定不辜负领导的信任！"

阿特获得同意后，回去把消息一说，大家伙儿也都挺高兴。事不宜迟，粉丝们期待已久的凶案视频终于上线。

事情也果然如阿特预料的那样，他们的新风格获得了粉丝和观众的广泛认可。网友还贡献出许多有才的评论和精彩热梗。

视频的热度居高不下，给天眼带来了前所未有的关注。

阿特也抓住这个机会向大家传递天眼的理念，希望能和粉丝以及观众有更为简单直接的沟通桥梁，号召人人成为生活中的热心市民。

同时，他也正式在天眼账号上发出邀请，请关注天眼的粉丝团积极配合天眼，举报身边可能存在的各种犯罪信息，和天眼一起携手打击犯罪，保一方平安。

"正义为人人，人人即正义。"

这句口号一出来，瞬间激起粉丝以及各方路人的热血，转发量惊人，同时后台也收到了大量涌入的私信投稿。

当然这些信息需要做好细致的甄别与整理。

但通过粉丝团提供的信息，天眼小组确实收到了比以前更多的案件投稿。小到流浪猫的救助，大到卖淫嫖娼举报，导致天眼小组的任务量成井喷式增长，一时间查处了大量治安案件。

而案件的处理过程又被他们有选择性地剪辑制作出来，发布到账号上，和粉丝形成了一个良好的报案－处置－反馈机制。

粉丝纷纷在视频留言区刷起热梗，诸如"天眼能处，有案子他是真接"之类的话。

第十七章
命案

天眼和粉丝团的合作进入到一个良性循环的状态，然而每天也有大量的无效投稿和混乱投稿信息在涌入，从确认到处理占据了天眼小组的大量时间。

一时间，组里每个人都奔赴在第一线，某天可能会分别出现在千江市的东南西北四个城区，然后巧合地在同一个地方碰头，再匆匆分别奔赴下一个案件地点。

一段时间后，案件虽然处理了不少，可每个人的精力也在大量消耗。甚至有些案件处理起来有种杀鸡焉用牛刀的感觉，并不能完全发挥"天眼"存在的优势。

经过一段时间的磨合，阿特组织几人开了个会，在原有的基础上对于案件办理进行了流程的梳理与优化。

首先还是对于投稿信息的审核，由原来的松散审核变为轮班制，101办公室的几人建立了轮班制，每人负责一天，在有案件处理的情况下，增加灵活排班，保证不漏掉任何一条投稿，做到及时处理，及时反馈。

其次，信息审核通过以后，需要推送到指挥中心110，若是快速处置类案件，则由110指令，根据案件性质联系当地辖区的派出所、警务站或交警大队负责。当然，天眼小组视案件情况也可参与处理；若是需长线经营类案件，视情况可转由相关警种的主要负责人接手，或是天眼小组直接介入调查。

接着就是参与现场处置，以及后期宣传报道和平台反馈。

整个流程梳理之后，负责的区域清晰明了，上报给领导后，王局对于这个安排也十分认可，陆忠明则对其中某些环节进行了更进一步的优化，最后生成了一个完整的天眼粉丝线索办理流程图。

有了这个流程之后，天眼处理信息和案件的效率提高了不少。虽然依旧很忙，但忙得越来越有章法。而与之对应的则是"警察阿特"的名号在市民中越来越响亮，大部分时候阿特出动总有人能认出他来，叫他既得意又有点不好意思。

某天下午，101办公室里，有人在哒哒哒打字，有人仰躺在办公椅上抓紧时间补眠，有人在看书，紧张中透着一丝安闲。突然陶美娟惊叫起来："特哥，后台炸了！"

正在整理文档的阿特马上翻身跳起。

其他几个人也赶紧凑过来，问："怎么了，怎么了，怎么了？"

确实是炸了。

无数人在艾特"警察阿特"，说的都是同一件事：某老小区发生命案，一名男子被杀害。这些投稿都附上了一条链接。

有的链接已经失效，有的还没有，于是可以看到有人拍了一段现场的视频，虽然画面抖动得厉害，但血腥场景仍清晰可见。

阿特的脸一下就拉下来了。

"子敬，马上追查视频源头！"他第一时间就做出了安排，随后又快速拉动着私信对话框，一边问陶美娟，"有人说过是哪儿吗？"

"说法不一，有说是刘家堡的，有说是新安城的，还有说是万明老街那边的。"

阿特一皱眉。这倒是网络报案的弱点——网上有人容易见风就是雨，一有点风吹草动就慌慌张张咋咋呼呼，太多是不靠谱的信息。

"余烬？"他又点了余烬的名，指望这个思路特异的小老弟继续给他惊喜。

余烬没有辜负阿特的期望。他指着暂停的视频画面角落里几栋极远处的楼说："有较大可能是新安城附近。"说着闭了一下眼睛，借用"AI模式"在脑子里跑地图，"新安城西南侧的旧小区，就是以前液压件厂那一圈。"

"好！"说着阿特已经急步出门去找陆队了。

刚刚和陆队说了两句，这边110接到的报案信息也终于转到了市局刑侦支队。陆忠明皱着眉头想了想，就把这个案子交给了阿特。末了叮嘱一句："随时注意网络舆论。现在这个案子已经引起网民关注和热议，你们要谨慎处理。"

"明白。"阿特郑重地说。

"死得真惨啊……"

"就是，这也太狠了，怎么下得了手啊？"

人群议论纷纷，围在一户小院前，透过锈迹斑斑的铁栅栏，冲着院子里指指点点。

"让让！"

一辆装着警灯的车从破败的巷子里开进来，刹车一踩，车子准确地停在人群外面。

车门从两侧打开，从前后座位上走下来几个男女，虽然穿着便衣，可是那还在闪烁的警灯和几人身上的精气神，群众都猜出来是警察了，往边上让开了点位置。

来人正是阿特、苏琳和余烬。

三人均是一样的严肃表情。

当地辖区的派出所民警应该也是接到了报案，这时候已经把警戒线拉了起来，同时还在维持现场秩序，要求围观群众全部往后撤退。

案发现场是眼前的一栋老住宅楼，看起来有些年头了，外墙的墙皮都剥落得厉害，不知道谁种植的爬山虎顺着墙根爬上了几层楼高的位置，上面是明显的几道长裂痕，顺着墙壁蔓延。

这种老的住宅楼一楼基本都送院子，讲究点生活情调就种点花，爱实惠的就种上菜，基本都用铁栅栏围了起来。

这家也不例外，只是跟别家不同的是，它直接砌了一层水泥墙，把院子里的视线遮挡得严严实实，只是在出入的地方安装了一扇栅栏门，看上去锈迹斑斑。

这块地方属于城郊，早年还是近郊的独立小县城，周边都是农村。后来随着千江市逐步扩大发展，被划入市区范围。可由于路远位置偏，各方资源与其他区相比没有什么竞争力，很少会有年轻人选择在这边买房安家。但凡家里有点钱的，都搬到离城里更近的地方去了。

现在还留在这里的，多是原来县城的老居民，有些没赶上拆迁改造的，都还住着原来的房子，等着政府的拆迁政策。

此刻还聚在警戒线外面看热闹不肯走的，也都是些中老年人，七嘴八舌地讨论着。

"这房子真够老的。"阿特看看周围，感叹了一声。

苏琳的目光则已在现场扫来扫去。余烬看了一眼现场围观的群众，没有说话。

"走吧，先看看情况。"阿特说道。

几人拨开人群走上前，向维持秩序的派出所民警出示了证件，这时一位看起来有些年长的民警打开院子门，走了出来，他冲几人打了个招呼，客气道："你们来得挺快，我们也是接到报案就过来了，这才刚布置起来，你们就到了。"

阿特也客气地冲他点头，主动介绍道："您好，我是市刑侦支队的陈特，刚接到消息赶来的。"

"我知道你。"这位民警和蔼地笑起来，"你们就是天眼特别行动小组的吧？你们那个账号影响力很大啊，我们也都关注着呢。"

突如其来的夸赞让阿特有些不好意思，含蓄地笑了下，又客气地给其他几人做了介绍。

"您客气了，怎么称呼您？"

"我叫郑志刚，你们叫我老郑就行。"

郑志刚有四五十岁的年纪，鬓角的头发已白，慈眉善目，即使穿着警服，看着也像和善的邻家大叔。

阿特当然没有喊"老郑"，而是客气地称呼着"郑哥"。

"郑哥，让他俩先进去看着，我这边跟您了解一下情况可以吗？"

"当然可以，当然可以。"

老郑让出位置，阿特让苏琳和余烬先进去，他留下来和老郑走到了一旁——阿特他们几个来得快，专业的法医团队和痕检队伍还在后面。

"里面是什么情况？您能把掌握的信息跟我们说说吗？"阿特问。

老郑叹了口气说："死了个人，是个男孩，年纪也不大，看着十几岁的模样。"

"身份知道了吗？"

"已经通知去查了，恐怕还得等会儿。"

"那这房主是谁，您知道吗？"

"这我知道，这一片归我们派出所管。"老郑脸上闪过一抹复杂神色，"这房子是一个叫乔琳琳的女孩在住，她十八岁，在五中上高三。"

"她在家吗？"

"不在。"

"家里大人呢？"

老郑沉默了一下才开口道："她家里情况有些复杂。乔琳琳父亲乔建家以前有吸毒史，送进戒毒所关了两年，出来后又复吸，十年前因为吸毒过量精神恍惚杀了三个无辜路人，他自己也被判了无期徒刑。"

阿特眉头微蹙。家属有犯罪史的家庭，不免会给孩子的成长带来影响，而与这些孩子相关的案子，又总会特别复杂……

"那这个房子是乔琳琳跟她母亲住？"

老郑摇头道："不是。乔建家吸毒的事暴露以后，乔琳琳的母亲就离婚走了。乔建家杀人坐牢后，他的所有个人财产都用来赔偿受害者家属，那时候警方试图联系乔琳琳的母亲，可惜一直联络不上，到现在都没音讯，所以乔琳琳的监护权就转到了她姑姑乔建霞名下。这个房子是乔建霞的，乔琳琳一直和她一起生活。"

"那乔建霞呢？房子发生命案的事她知道吗？"

"估计不知道。乔建霞的丈夫做生意赚了点钱，就去市区买了房，她们一家两年前就搬走了。"

"乔琳琳一个人住这儿？"

"是。"老郑叹了口气，"据乔建霞说，是学籍不好安排，就让乔琳琳一个人住这儿，把高中上完，她自己呢一个月过来看两回。"

阿特听到这儿，忽然觉得有点奇怪。

老郑并没有比阿特他们早到多少，死者的身份还在调查阶段，可是对乔琳琳的家庭背景，他不需要通过户籍调查就说得清清楚楚，连学籍的事都知道，可以说是了如指掌。这不太寻常。——要么，他记忆特别好，就像余烬那样，跟个数据库似的；但实际上余烬也只是在某些方面才记忆超群，而不可能记住所有事，而一个片区那么多居民，警察每天处理大大小小的案件，要都能记下来是不可能的。要么，就是这个乔家一定还发生了什么特别的事，否则老郑不会在乔建家杀人坐牢的事过了那么久之后，还能关注到两年前乔琳琳学籍的事。

阿特心有所想，却没有立刻问出来，反而说道："乔琳琳是在学校吗？那现在能不能联系到她问问情况？"

"我到了现场就想联系她了，可是电话关机了。我这刚准备给学校打电话，就赶上你们到了。"

阿特正想说什么，从围观的人群里忽然传来一阵大声地叫喊。

"龙生龙，凤生凤，老鼠的儿子会打洞！我看这死人的事，八成跟乔琳琳脱不了关系！"

这人喊得信誓旦旦，一下子把大家的注意都吸引了过去。

人群中顿时响起一片喧哗，有人跟着搭腔说："就是，这乔建家又是吸毒又是杀人，这缺德玩意早就该死了！"

"唉，你们说的可是乔建家，骂他归骂他，跟他女儿有什么关系！"

"人家是亲生父女，你说什么关系？"

"这可就不对了啊，乔琳琳又没犯法，你在这儿胡说可要负责任的。"

"你说没犯法，可现在不就死人了吗？就死在乔琳琳家里，你还能说和她没关系？"

这话一说，帮腔的也没了声音，毕竟人的确是死在乔琳琳家里。

"再说了，那乔琳琳人虽然不大，可爱干缺德事，你们又不是没听过。"

第十九章
勘查

就像在热油中泼入一瓢冷水，人群里瞬间炸开了花。

爱聊八卦是人的天性，更何况是一群中老年人，大爷大妈的消息最灵通，对八卦的求知欲也更旺盛。现场的讨论声顿时更热烈了，不知情的都好奇地问发生过什么事。

七嘴八舌的声音把现场烘托得十分喧闹，不少人对着院子指指点点，乔琳琳在他们嘴里变得越来越有嫌疑，再任由他们说下去，好像马上就要定案了。

老郑脸色一变，上前制止道："都瞎嚷嚷什么！警察都没破案，你们就先定罪了是不是？"

讨论的声音渐渐消失，老郑走到一个国字脸吊梢眼的男人面前，刚才就是他，嚷嚷得最大声。

老郑绷着张脸，什么和善的表情都不见了，冲这人训道："我说你怎么回事啊？警察都没你会办案子是不是？这还什么都没开始调查呢，你就一口一个犯法、死人的？怎么，敢情你知道点什么内幕是不是？那得配合警察工作，跟我去警局做个笔录，现在就走！"

老郑这一番话说得毫不客气，男人刚才侃侃而谈的气势早没了，臊眉耷眼地说："郑警官我错了，我错了！我哪知道什么内幕啊，我跟这案子一点关系也没有！您还不知道我吗，我就是喜欢胡咧咧……胡咧咧……您可千万别跟我计较！"

"什么都不知道，就管好自己的嘴，再这样乱说乱传，给你定个诽谤罪都是轻的！严重点就是妨碍公务罪知道吗？还想进去待几天不成？"

老郑说这话时不仅盯着男人，还环视了一圈人群，声音也特地高了几度，人群顿时鸦声一片，谁也不敢乱说了。

男人更是吓得脸色灰白。

"真对不起郑警官，我再也不乱说了，再也不敢了！真的，郑警官，我发誓，我要再敢乱说，您随便抓我行吗？"

"警察办案都是讲究证据，只要你自己遵纪守法，没人能随便抓你。"

"是、是、是，您说得对，我肯定遵纪守法，我保证平时坐车都给老人让座！"

"哈哈哈，万老二，你在这瞎咧咧啥呢，你还能给老人让座？你不抢老人座位，人都得谢谢你了！"

这话一说，现场的人都笑了起来，被称作万老二的人也有点不好意思，虚张声势地冲打趣他的人骂道："你可别污蔑我啊，我什么时候抢老人座位了，警察可都在这呢，小心告你诽谤！"

"嘁，都是街坊邻居这么多年了，谁不知道你啊，咱这都是老熟人，大爷大妈都在这呢，谁坐过你让的座位啊！"说话的这人可能跟万老二不对付，一直拿话堵他，这会儿上了头，还朝人群高声吆喝道，"是不是啊大爷大妈，咱们这有人坐过万老二让的座吗？要真坐过，可少不了回家烧个高香啊！"

他说话逗，语气也诙谐，比万老二贼眉鼠眼的模样顺眼不少，现场都是笑着附和他的声音，气得万老二就差吹胡子瞪眼了。

眼见气氛已经偏了，老郑忙道："行了行了，当这是菜市场啊？办案呢，都散了啊！要是有目击到现场的，一定要来提供线索，没有就撤了吧。"

话是这么说，但是现场也只是声音小了下去，除了万老二灰溜溜地离开了，真走的并没有几个。

郑志刚的脸上有几分失落和形容不出来的难过，阿特都看在眼里。他也一直没有说话。一条年轻的生命在此逝去，而这些闲来无事的人却将之作为嘴里的谈资，这种事让人既生气又无奈。

他的目光落在万老二的背影上，看着他走出人群，忽然视线又一转，看向了人群后方的某一处。

老郑这时又回到阿特身边，阿特收回视线，问道："郑哥，刚才那个人是谁？"

"他啊，万传林，家里排行老二，就给起了个诨名叫万老二，平时爱喝点酒，又有点好赌，家里开了个小卖部，没事打着送货的名头到处乱逛。酒喝多了就容易跟人起冲突，也是我们派出所的老熟人了。"

阿特沉默了一下，似乎在想事情，老郑见状补充道："陈警官，这人也就是喝了酒爱闹闹事，真要说他跟案子有什么牵扯，那我敢说他没这个胆子的。"

阿特忙笑了笑，说："郑哥，你叫我阿特就行，别这么客气。我只是在想刚才他说的话，听着话里意思，好像乔琳琳家这儿发生过什么事是不是？"

老郑面色有些为难，一时没开口，可正要说话的时候，苏琳从屋里走了出来，站在院子里对着阿特招手。

老郑见状忙对阿特说："你先进去忙，这事我回头再跟你细说，我现在去打电话给学校，看能不能联系上乔琳琳。"

"行！那咱们一会儿再说，麻烦郑哥了。"阿特说。

"瞧你这哪的话，都是为了案子，没什么麻不麻烦的。"老郑摆摆手，从兜里掏出手机往一边去打电话了。

阿特转身往院子里走，经过院门时留意了一下，铁栅栏门是一副锈迹斑斑摇摇欲坠的模样，可上面的锁看着却是新换的，再看院子里面，一半都用来堆放杂物了，都是破旧的家具，垒放到一起，占据了半个院子的面积。

阿特留个心眼，先按住想法走到苏琳面前。

"怎么样？"

"死者男，年龄在十八到二十之间，身上一共发现了六处刀伤，两刀在颈部位置，四刀在腹部，初步判定死亡原因是机械损伤造成失血过多。至于时间……根据尸斑的情况，估计在昨天夜里到今天凌晨，具体的得让专业的法医来看了。"

"被捅死的……"阿特边点着头边低喃了一句，又问，"作案工具还在现场吗？"

"现场没有发现，不过厨房少了一把水果刀，保护套还在灶台上，但是刀不见了。我量了一下，和伤口的大小与形态基本吻合。"

阿特"嗯"了一声。刚要进去，法医和痕检队伍也到了，阿特两人打了招呼后忙给他们让开路。现在最要紧的就是赶紧固定并提取线索。等他们都进去了，他才跟在后面进了屋。

苏琳已经完成了院子和屋内的足迹勘查，并建立好了进出的通道。阿特一进入客厅就看到了倒在地上的尸体，正处在长方形茶几和沙发之间的空隙处。

死者年纪不大，上身穿着一件白色的短袖，下身是一条黑色短裤。衣服上被刀捅过的地方留下了几个破洞。而尤为引人注目的，是尸体颈部左侧的创口，血肉模糊，显得有几分骇人。

不过尸体的姿势有些奇怪，茶几放置的位置有些歪，与沙发腿形成的空间不是平行的，而是稍显歪斜，让这处的位置显得比较狭小，死者的头正好卡在这里，并没有落在地上，离地面还有几毫米的距离。

阿特看了看茶几和地板的位置，苏琳察觉到他的目光，说："是不是觉得奇怪？这死者像是从茶几上掉下去的一样。"

说完，苏琳又指着茶几的另一个桌腿说："你看这里，这个茶几是被人移动过的。应该是在茶几上进行了搏斗，力气太大导致茶几移位，同时死者从茶几上掉了下来，正好卡在这里。"

阿特认可苏琳的说法，问道："现场脚印能提取出来吗？"

　　"可以提取，根据脚印分布和血迹情况来看，这里基本可以认定为第一案发现场了。余烬已经去调查监控了，看看能不能拍到昨晚有谁进出过这里。"

　　"还有其他发现吗？"阿特问。

　　"有。"苏琳指着死者的腹部位置，"你看他的裤子。"

第二十章
博主

阿特顺着她的动作看过去，只见苏琳掀起 T 恤下摆，露出了遮掩的短裤裤腰，是抽绳样式的运动短裤，绳子被解开了，裤子吊在臀部上，还露出了一小半内裤。

阿特瞬间有了一个预感，只是他还没开口，苏琳先问道："房主的信息有了吗？"

"有。"阿特给出了苏琳意料中的答案，"女性，十八岁，独居。"

苏琳叹了口气："死者应该是想实施强奸，遇到了激烈的反抗，导致过程中被捅丧命。"

阿特没说话，而是起身观察了一下屋里陈设。

是多年前的老房子装修风格，家具都是木质的，因为年代久远，使用时间过长，已经开始泛黄，有些地方甚至有了不同程度的朽坏。

屋里一共三间房，一间关着，两间开着。开着的两间里，一间是曾经的主卧，不过现在已经空置了，一间是朝北的次卧，从里面的布置看应该是乔琳琳的卧室。

阿特站在主卧的门口往里张望，一眼就看到窗外的防盗窗已经被拆卸一半，破坏出的那道口子恰好够一个身材不健硕的成年人侵入。而且苏琳也明确告诉他，窗口处有明显的翻越痕迹。次卧则在主卧的侧对面。里面布置得很简单，一张单人床、一张书桌，还有一个单人衣柜，这就是全部了。书桌靠在窗边，上面摆着各种书，书柜上放着一个行李箱。除此之外，房间里再没有什么东西。

但在这间因为朝北而显得昏暗孤寂的屋子里，却有一样东西，强烈地吸引着阿特的注意——一张挂在床头墙壁上的梵高的《向日葵》。

金黄璀璨的颜色仿佛自有生命一般，冲击着这昏暗狭小的牢笼。

只是他没注意，苏琳在看到画的时候，猛地扭开了脑袋，面上似憎似哀。

老郑从屋外走了进来，面上神情不是很好。

阿特心里一动，问："郑哥，怎么了？"

老郑神色沉重，缓缓开口道："联系上学校了，乔琳琳的班主任说她已经一个星期没去上课了，也没请假，没人知道她去了哪儿。"

这话让阿特急了。先不说案子的事儿——"她还是个学生，一周没去学校，老师没联系她的监护人？"

父亲入狱，母亲失联，姑姑撒手，现在老师也不管？！

他的话里明显带了些谴责的意味，老郑听着，又是叹了一口气，脸色也有些复杂地说："我问了老师，老师说乔琳琳平时有打工的习惯，经常请假不去学校，不批假就直接逃课。老师也给乔建霞反映过，可乔建霞说生活费已经打够了，教育的事别找她；乔琳琳又坚持说是自己不想读书，想多赚点钱。这老师还能怎么办？那么多学生，高三复习时间又紧张，老师也忙得很，操心的事情太多了，这事家长都不管，光靠老师怎么行？慢慢地，老师也对她没辙，对于她的缺席也就睁只眼闭只眼了。

"至于乔建霞那里，我也打电话了，她已经一个多月没有联系过乔琳琳了，人现在在外地旅游，根本不知道家里发生命案这回事，现在正往回赶，最快也要明天上午才能到。"

听完这些话，阿特觉得心里有点堵。警察这个行业常常让他看到人生的罪恶与苦难，但并不是说这些东西看多了，就会麻木——大部分时候，这些经历只是让痛从锐痛变为钝痛，会让人不再冲动，却也会让人更能在复杂的世态中反复感受到层层叠叠的世事摧折。

他咬咬腮帮子，深呼吸一口，让自己的脑子回到案子上。现在的情况对乔琳琳很不利，没有不在场证明，这本身就是一件很可疑的事。

老郑很显然也想到了这一点，但又似乎不想看到这样的局面。"兴许是去了其他地方，还要再仔细查查。"看阿特点点头，他又补了一句，"你放心，我们一定尽全力尽快找到她，搞清楚她现在到底是个什么情况。"

他的回护之情阿特能感觉不到吗？他拍拍老郑的胳膊说："那就请郑哥多费心了。我们这边也一起想想办法，有什么线索随时沟通。"

"你们放心，这个一定。"

"还有就是——"既然说到这儿了，阿特也就多说一句，"目击者的事。"

老郑马上明白了，说："我知道我知道。唉，之前时间太匆忙，我们人手也不多，没来得及。现在马上就去找人问问清楚。"

"谢谢，谢谢！"

"再这么见外可就生分了啊，都是跑一线的，就是要同心协力不是？都是工作，谢什么！"

这话让阿特不好意思起来。不得不说，不管什么样的案子，都离不开对当地人和环境熟悉的派出所干警的帮助，有他们去了解信息，事半功倍。他也不多客气，马上招呼余烬过来道："你跟着郑哥去做现场调查。"

余烬盯着阿特愣了一秒，马上转身规规矩矩地喊了句"郑哥"，一脸殷切。老郑同他笑笑，带着他向门外的人群走去。

阿特看了一眼他们的背影。余烬是技术大拿固然很好，但和人打交道的本事也得有所提升才行。破案除了靠技术之外，就得靠对人心人性的拿捏，这些也得从和人打交道中慢慢体会。他希望有朝一日余烬能独当一面。

这时候他的电话响了。拿起来一看，是郭子敬。

他在电话里向阿特汇报："特哥，根据 IP 地址锁定，视频最初的发布者是个本地小博主，主要更新周边的探险视频，但是流量一般。这个视频上午发布后，一下子让他涨了不少粉丝，但没多久他就删了，只是网上还是有一些保存过的视频通过社群的方式在传播。跟上头反映以后，目前已经控制了传播范围。"

"地址查到了吗？"

"查到了，不过目前还没联系上。"

"行，抓紧时间，我们得尽快弄清楚他的视频是怎么来的。拍摄的人一定到过现场，他可能会是目击证人。"

"行，我知道了特哥，马上联系！"

阿特挂了电话。其实有一点他并没有说：拍摄视频的也可能就是凶手！只不过这个可能性如果说出来，就显得有些骇人听闻了，真是凶手进行拍摄并传播的话，简直就是在向警方挑衅！他不太想说出来影响队友的心情，只是默默地把猜想放在心里。

此时现场勘验已进入尾声，遗体要运回去做解剖，提取的各种素材也要回去才能进一步检验。现场的同事协力把尸体放进装尸袋里，用白布盖着运到车上去。

出事时，阿特的目光在围观人群中扫了一圈，突然发现有一个人形容可疑。

他站在人群中，和旁人一样打量着尸体，只是一身无袖宽松 T 恤搭配工装裤的穿着让他在一群大爷大妈中显得很突出。他戴着一顶黑色棒球帽，整个脸缩在帽子下，怎么看怎么可疑。

尸体被运上车以后，现场的人散了不少，那人似乎也打算离开。阿特上前叫住了他。

"等等！"

那人脚下未停，继续往前。阿特一皱眉，紧赶两步拍在他肩膀上。

"等等。请把帽子摘一下。"阿特说。

那人被这一拍吓了一跳，猛地一回头，下巴微抬瞅了一眼阿特。阿特差点被他帽檐扫到，稍微避开一点正要说话，却见对方呼啦一下把帽子一扯，露出一头黄灿灿的金发来。

"阿特！"这人年纪不大，满眼惊喜，反手牢牢抓着阿特的胳膊直晃，嘴巴一张一合，像是急切地想说点啥，却又说不出来。

什么意思？阿特被他整得一脸懵。对方憋得脸通红也没把话说出来，也不知道哪根筋搭错了，突然冲着阿特就是一鞠躬。

什么意思！看他腰一动又要鞠躬的样子，阿特赶紧给拦住了："别别别，你这干吗呢？"

"阿……阿特……你是阿特、阿特对不对？！"

男人终于发出了声音，只是听起来有点结巴，不知道是紧张导致的还是本身就如此。

阿特试着平复他的情绪道："我是，我是阿特。你认识我？"

"认识！"男人激动地大声回答，"我是您的老粉了，从最早开始，各个平台我都关注你了！居然，居然见到了真人，我太幸运了！"

阿特有点哭笑不得。被认出来倒是很常见，但激动成这样的他还真没碰上过。

"你冷静点，不用这么激动，不用这么激动！"他急切地想让男人冷静下来。

"谢谢，谢谢……我有事问问你。"他想赶紧换个话题。

"啊……啊，好。"这话倒确实让男人的情绪稍稍缓和下来，只是脸上还带着几分兴奋，"什么事儿您说！"

"嗯……你为什么在这儿？住在附近？"

"不啊！我……我……"男人一口答完，然后才似乎想到了什么，一下变得有些紧张，"我不住这附近，就过来……看看情况。"

"看看情况？"阿特敏感地眉一皱，"看什么情况？你知道这儿有命案？"

男人一下卡了壳，表情也变得微微惶恐起来。

第二十一章
陈学钢

这就显得有些可疑了。

阿特眉头一皱，平常显得很有几分亲和的面容陡然变得严厉。一见他这个样子，男人慌忙赶在他开口之前举手道："是，是警察叫我过来的！配合，配合调查！"

"警察？"这又让阿特一惶。

"对对对，刚才，有个警察联系我，就是，就是关于我发的那个视频……让我过来……"

"你就是'千江探险'？"这个账号就是刚才郭子敬在电话里告诉他，说最先发布命案现场视频的那个。

但他也只是说尽快联系，没说把人叫到跟前来啊……而且还这么快，挂上电话这才多一会儿啊？还是自己的粉丝，极度热情的那种……

阿特有点懵，但阿特不说。

他只能尽力把脸皮一绷。"咳，谢谢你专门过来一趟。那就说说你知道的吧。别紧张，问什么你答什么就行。"

"嗯嗯。"男子连连点头，十分配合。

他说自己叫陈学钢，从事自媒体职业，两年前开始做"千江探险"这个账号，因为粉丝不多，流量不大，收入挺一般的。不过好在手上还有其他账号在同步运营，虽然都没什么成绩，但累积到一起，一个月收入也还行了。

"那个视频是你拍的吗？"阿特问。

陈学钢连连点头，又急忙否认道："不不不，当然不是我。"

"可是根据我们的调查，视频首发就在'千江探险'上，11点多发的，十分钟后你又删除了，是不是？"

陈学钢脸色涨红，面色有些羞愧地道："视频是我发的不错……我……唉，我也就一时鬼迷心窍，想着能涨一波粉，就没考虑别的发了出去。视频热度是很高，才一会儿工夫就上百个评论了，有人说是假的，有人说要报警。一看到报警，我脑子一下就清醒了，怕带来不好的影响，马上就删掉了。"

阿特面有不满，因为是粉丝，更严格起来。

他冷笑道："你还说是我的粉丝？那我那么多普法节目白做了？还是说你根本没看，只是现在想跟我这儿套近乎呢？知情不报还肆意传播，你可以啊，为了流量什么都能做、什么都敢做是吧？"

"我……我……"陈学钢脸涨得通红，阿特说得句句都在理，他不知道说什么好，只好试图辩解说，"我真是粉丝，我最近就是……急着凑房贷，为了钱一时昏了头，想着涨涨粉好接点广告……"

阿特撇了一下脑袋。要说是平常，他倒也不会这么生气，做事没谱的人多了，警察碰到的尤其多，要一个个气，哪能气得过来？

但陈学钢又不一样。既然声称自己是他阿特的粉丝，还是个一路追随的老粉，那就该比别人更有分寸才对！阿特怒其不争，心里的火蹭蹭冒。

简直像是被当面打脸。

普法视频都白做了呗！正面引导没成，倒蹦出来一个反向操作的，没被气吐血算是他涵养好！

"你胆子倒是不小，你知不知道你这种行为会带来什么后果？幸好今天现场保护得及时，这里大爷大妈还算守法，看热闹都在外面，没人往里面跑，不然等你这视频传开了，多少看热闹的人过来，现场痕迹还不被破坏得一塌糊涂！到时你就真出息了知道吗？"阿特怒火冲天地瞪着他，"知道你这行为叫什么吗？帮助凶手毁灭证据、破坏案发现场，够你负刑事责任，到时候就该戴着手铐去探险了知道吗？！"

说完这通话，阿特甚至觉得有点喘。

陈学钢被说得眼眶都红了一层，说话又结巴起来："我……我……我没想到会这么严重……我认识到……认识到错了，马上就……就删了。"

看着他这副样子，阿特暗叹一声，压了压脾气。

其实也不过是看清了"任重道远"四个字而已。持续走高的关注和运转良好的互动让阿特一时间产生了一些错觉，似乎自己想讲的话、想说的东西，自己传达的价值观和法制精神，都顺畅地被对方接纳并吸收着——其实不是这样。哪有这么顺利呢？家长说十句，孩子可能才听得进一句；老师教三年，能学会的可能一张纸就能写下；何况他既不是家长，也不是老师，只是个尽量想以对方能接受的形式讲讲话的警察而已，而面对的网友千奇百怪，每个人都有自己的性格脾性和生活现实，不可能指望他们个个能对自己说的这一套接受良好。别说陈学钢这样只是一时不察做了错事的，就是有人看了他的视频后，专门比着去找警方和法律的漏洞，或是学会新的偏门途径而要赌赌自己的运气，也不是没有。

宣传是门大学问。他借用网络、发布视频，也不过是找到了一条比旧有的手段更贴近潮流又更便捷的方法而已，并不是说一经网络或一拍视频就能一蹴而就地解决问题。他也早早地发现了这个问题，心理学、社会学、传播学，都要学！不仅自己学，相关的学习和培训从工作室成立的第一天起就没停过。但现实总会告诉他，还不够，还远远不够！

不过眼下并不是想这些的时候。他在脑袋里跑火车，其实也是为了平复情绪。

等他再把注意力转回现实的时候，已经恢复了往日平和谦谨的样子。

倒是陈学钢还在认错。

"我真错了，以后再也不随便乱发视频了。我真的……我从你粉丝才十几个人的时候就关注你，一路看着你做得越来越好，我才跟着也做了自媒体……我错了，我不该只想学你怎么经营账号，更应该学会怎么遵纪守法……"

阿特强行把话题拉回来："那你视频怎么来的？"

"买来的……"陈学钢嗫嚅着嘴唇，声音明显底气不足。

"买？"

好歹也是视频届的"大佬"，阿特也知道有这样的情况存在。自媒体想要发展，对内容的需求量很大，并不是每个人都能好好生产内容，于是出现了这种分工：有人专门拍素材，拍好后可以按不同的方向剪出不同的内容，而难于自产的自媒体账号则通过购买的方式来填充自己的内容库。只不过这种内容一般不怎么好就是了。

但现在更重要的问题是，视频多过一道手，意味着拍摄者的身份又多了一层遮掩。

陈学钢竹筒倒豆子一样噼里啪啦往外说："我做'千江探险'，主要就是做周边景点探险的，可是好跑的地方我都跑遍了，必须开辟点新主题，但要自己去，花销大，收益还不理想，我就想能不能换个途径，从别人手里买点素材过来……

"也是别人介绍的，半年多以来断断续续买了一些，确实，确实反响还挺好……我就越来越……愿意这么干了。所以这个视频也是这么来的。"

"你有视频提供者的联系方式吗？你问没问过他是怎么拍到的？"阿特冷静地问。

"我加了他的微信。怎么拍的我问了，但他没说。我把视频发出去又删掉以后，越想越害怕，就试着联系他，结果发现我已经被他拉黑了……"陈学钢老老实实回答，见阿特听完脸色发黑，又立刻找补说，"不过我可以试着联系他，换个小号去加。"

阿特想了想，这也是个办法。不过——

"那人既然拉黑你，说明很有警惕心，你匆匆忙忙地去容易打草惊蛇。得合计合计。"

陈学钢慌忙点头。

"行行行，都听您的，让我怎么做我就怎么做！"

第二十二章

过往

联系视频提供者本是当务之急，但根据实际情况来说又只能先放一放，阿特留了个陈学钢的联系方式后就让他先回去了。

再回到现场，现场勘查已经进入尾声。

阿特在院门口停下脚步。

环视一圈，院子的水泥墙年份太久，部分已经开始脱落，露出里面的红砖，被苔藓覆盖，泛着青黑的颜色。玻璃窗上也积了厚厚一层灰，已经失去了明亮透光的作用，有的玻璃甚至裂开、缺角，仿佛风一吹就能摇摇晃晃地整块碎掉。

整个房子，从院子到屋里，都透着年久失修的腐败味道，所有家具都陈旧褪色，一看就是使用多年了，整个居住环境不仅与舒适差距甚远，甚至连安全都无法保证。

一个即将高考的女生，独自居住在这里，心里的压抑孤独可想而知。

阿特的目光凝了凝。无论如何，都必须尽快找到乔琳琳。昨天晚上她究竟在哪里，是否与此案有关联，与死者是什么关系，现在又处于什么状态……都需要尽快搞清楚。

　　苏琳摘掉手上的手套放进专门的垃圾袋里，一走出院子就看见阿特正在看着墙壁上的可疑痕迹。

　　"里面差不多结束了，具体的结果要等检验分析以后再报过来。"

　　阿特点点头，指了指已经被放置标记的旧橱柜说："是从这里翻墙进来的？"

　　苏琳说："上面采集到了脚印，院墙和窗户都有不同程度的破坏痕迹，而且脚印追踪也符合翻墙入户的行动轨迹。"

　　苏琳说着拿出了一张现场绘制的户型图，上面标记出了根据现场线索推测出来的行动路线。

　　阿特拿着图对照院子里看了一眼，跟他的初步判断是一样的。但是具体的还是要等检验结果出来。

　　正想着，突然听到苏琳叫了一声："师兄。"

　　其实苏琳并不经常这么叫他，所以阿特有些惊讶。转过脸，看见苏琳脸上一片忧心，说："要快点找到那个小姑娘。"

　　"你发现什么了？"

　　苏琳摇摇头。"那倒不是。我只是，很担心她的……只是有点担心吧。"说完，她就抬脚走出了院子，好像有点不好意思似的。

　　阿特明白她的欲言又止。现场的状况加上对前情的一些了解，很容易让人脑补出一个孤苦无依的女孩，被恶男子侵入家中又不得不为自保而杀人，而后惊恐出逃的故事。这的确会让人很担心她的处境，刚才阿特不也在忧虑这个问题吗？何况是苏琳。一旦脱离工作状态，她就很容易偏感性，不自觉地对小姑娘升起同情也很正常。

那就，赶快吧。

结束现场勘查任务以后，阿特和苏琳先回了队里。

刚进门就得到一个消息：小区监控已经调出，其上清晰地显示，乔琳琳于头一天 18 点 23 分进入小区，其后于 20 点 16 分出去过，27 分钟后再次进入，此后一直在小区里，直到次日凌晨 4 点 12 分离开小区。

尽管这些监控不能完全将整个小区覆盖住，这种老旧地方，多的是犄角旮旯里的进出口，但至少能说明，在死者可能的死亡时间段内，乔琳琳是在小区的。

她极可能就在现场！

阿特心里"咯噔"了一下。

正在此时，之前跟着老郑去进行周边调查的余烬也回来了。

令人意外的是，老郑一起过来了。

阿特先把余烬赶去调查乔琳琳的相关档案，看里面能不能提供一些调查的方向。再转头来热情地接待老郑，只是并没有提到监控里出现乔琳琳的事。

老郑解释着自己过来的原因："我还是没有联系上乔琳琳。但是有些事，想着还是要给你们说一下，就干脆过来一趟。"

阿特倒了杯水递过去，说："麻烦郑哥了。"

"嗨，都说了别这么客气。再说，我也有私心。"

阿特神情一顿。他从一开始就感觉到老郑话里话外对乔琳琳的维护，而且当时围观的群众对乔琳琳的态度也很中立，这让他敏感地察觉到背后还有着复杂的事情。

眼下老郑愿意主动揭开故事的面纱，阿特当然洗耳恭听。

老郑叹了口气，才慢慢开口道："其实这里面有桩旧事。三年前，乔琳琳曾经到派出所报案，说有人对她性骚扰，那人还是县五中的老师。"

"校园性骚扰？"

"嗯，当时这事闹得有点大，她说的那个人叫薛檀君，三十多岁，已经成家了，是五中的美术老师，也是乔琳琳的邻居，就住在隔壁一栋楼。薛老师的儿子和乔琳琳还是一起长大的，两家关系一直很不错。"

又是邻居又是老师，阿特已经察觉到事情的复杂性了。

"因为知道乔琳琳家庭背景复杂——老实说这种家庭的女孩，很容易成为受欺负的对象。而且女孩遇到这种事肯通过报案保护自己，总比那些受了欺负和委屈什么都不敢说的强。所以我们很快就介入调查了。"

老郑回忆着案件细节："薛檀君名下有一家美术培训班，挂了他老婆的名义，实际上就是他自己在经营。不过他在学校教的本来就是美术，这些课早就被主课取代了，影响也不大。所以学校对他开培训班的事睁只眼闭只眼。乔琳琳爱画画，因为是邻居，薛檀君还经常把她叫到家里辅导。我们上门了解情况的时候，他表现得很震惊，他老婆当时就闹开了，说乔琳琳狼心狗肺，他们是帮了一个白眼狼。

　　"我们当时也很被动，薛檀君更是对这件事极力否认，他说叫乔琳琳到家里辅导也是看在乔琳琳喜欢画画，他替这孩子可惜。这件事我们也不能只听一方的说辞，可真要调查又没什么实际证据。我们当时也比较难办。"

　　阿特联想到那些围观群众的态度，忽然问："这件事是不是传开了？"

　　乔琳琳当时属于未成年，出于对她的保护，这种事情查起来不会大张旗鼓，更不会渲染得人人皆知。

　　老郑又是一声叹息。

　　"是，当时闹得不小。"

　　"怎么传开的？"

　　"是乔建霞。"

　　老郑说："当时我们实在找不到实际证据，不管是从学校那边还是街坊四邻口中，都了解到薛檀君这个人平时的作风没有问题，乔琳琳这边也是口说无凭。这种事情本来就难查，我们也没什么好的办法，上头打算到此为止了。可是乔琳琳有一天忽然找到我，说她有证据，让我帮帮她，我问她什么证据，她说她拍了视频，可是视频一时半会儿又拿不出来。

　　"我当时就跟领导申请再等等，要是真有视频证据，我也不能让这孩子白受委屈。可第二天，乔建霞就把这事捅出来了，她到学校办公室去吵，要学校开除薛檀君，给乔琳琳个说法。

　　"可你说这事，我们还没调查清楚怎么回事，学校能认吗？出了一个性骚扰学生的老师，学校也不好交代。乔建霞当时很激动，说不相信我们，交给我们查什么都没查到，她要自己给乔琳琳讨回公道，如果学校不给说法，就要往上举报到教育局去。

"这事儿当时闹得风风雨雨的，舆论压力很大。一方是乔家信誓旦旦地举报薛檀君性骚扰，一方是薛家百口莫辩说自己没干过违背良心的事。其他人呢，站什么队说什么的都有。闹得上头都一时交不了差。学校也迫于压力借私自在外开设培训班的事由辞退了薛檀君。"

听到这里，阿特已经猜到了结尾，果然如他所想，老郑说："最后我们实在没查出什么证据，乔琳琳说的视频也一直提供不了，我们只好按流程公布调查结果。乔建霞一下子没了动静，倒是薛檀君，大概搞艺术的都有点敏感，闹这一出他受不了，跑去跳河自杀，好在被发现得早，救了回来。"

老郑说完叹了口气。阿特也跟着唏嘘了一把，又问："那薛檀君一家……还在那个小区？"

"早就搬走了，薛檀君被救回来后，他们一家就把房子卖了，搬到其他地方去了。"

"那视频的事……"阿特总觉得有点奇怪，如果乔琳琳没有视频，为什么还要向老郑说自己有证据？

"我后来也问了乔琳琳。"老郑摇摇头，神色复杂，"她说是骗我的，根本没有证据。"

这……

"那性骚扰到底是真的还是假的？"

老郑没有说话，沉默了一会儿，反而说了另一句话："当时乔建霞不仅向学校要说法，还提出向薛家要精神赔偿费，因为乔琳琳当时被诊断出轻度抑郁。"

老郑的话模棱两可，或许是因为他自己心里也没有答案。

阿特心里同样没有答案，但他知道人心变故。

"这件事以后，是不是街坊邻居对乔琳琳的评价就变了？"

"可不是么。"老郑抬头看向阿特，"你知道舆论反噬吗？当时帮乔琳琳说话的不少，可最后的结果却和他们想象的不一样，这就像你想帮助的人最后背叛了你一样，他们也有这种被骗的情绪。"

阿特沉默了，情绪没来由地低落起来。

说完这些事，老郑就告辞了，毕竟他自己手头上也还有一堆待处理的事务。阿特将他送出门。只是送走老郑以后，阿特一个人在接待室里站了一会儿。

时间接近傍晚，夏日的晚霞肆意地绚烂，几乎染红了半边天空。阿特站在窗边，久久地凝视着远处那片仿佛腾起火焰的霞光，沉默不语。

第二十三章
恶意

回过神后，阿特找到余烬，问他进行周边走访的情况。

余烬的肩膀塌了一下。很显然，跟着老郑走这一圈，耗尽了他的社交能量。但他一向分得清轻重，眨眨眼，又精神起来——虽然在别人看来，他这两种状态的切换也就是眉毛一塌一抬的区别而已。他没有获得什么有效线索。毕竟案发时间基本确定是在夜里，小区里的住户大多是老年人，住得又分散，没能注意到太多信息，更没有目击者。

"我记得有个人……"阿特回忆着下午的见闻。

"万老二？"余烬马上接上。

"对对对。这个人是个什么情况？"虽然之前已经从老郑那里听说了一些这个人的信息，但阿特还想听听余烬的说法。

余烬皱起眉头说："聒噪。特别聒噪。"不等阿特发问，他继续补充道："这个人，持续在周边高声传播关于乔琳琳的负面流言，我们在不同地方碰到好几次，只是一见郑哥就跑，很烦。"

看来他下午被骂了一顿，是一点没收敛啊。

但这不太说得通。虽然有人就是喜欢传闲话，但下午看万老二那副软弱无能的样子，应该不至于在明知警方还在周边查访的时候仍东跳西跳。而且，他怎么就对乔琳琳有这么大的怨念？

想知道。

阿特瞄了一眼开始擦黑的天，算了算从办公室过去的距离……

"走。"

找到万老二的小卖部时，只有一个中年女人坐在收银处正在哄孩子。

阿特走进去买了瓶水，顺便问女人："万老二不在？"

"死了。"女人头也不回地答，手上还麻利地在搅动着碗里的米粥，边搅边吹热气。

阿特笑了一下，问："死哪儿了？我找他有点事。"

女人歪起头看了一眼，似乎对他的身份有点疑惑，但终究选择了不管。"不知道，他一天天的什么时候着过家。"话语中怨气十足。

阿特也没往下问，付了钱，说了声"谢了啊"就走了。出门朝余烬摇摇头道："这人可真是不靠谱啊。"

余烬也跟着摇头。他不吭声，抬脚进了小卖部，过会儿拿了一条中华烟出来。阿特挑了挑眉，见他三下五除二拆开包装，抖出一包递了过来。阿特摆摆手道："我不抽烟。"

余烬也不介意，就在手里拿着，甩着就往前走。旁边有个水果店，一个看起来像是店老板的老头正坐在从店面伸出来的摊子旁，眼睛直溜溜地看着余烬手里的烟。

阿特暗笑，点了点余烬的胳膊。余烬会意，直接走上前把那包烟递了过去。

"哎，你这？"老头拿手挡了一下，却满眼惊喜又疑惑地看着他俩。

阿特直接问："老板，我找万老二，但他没在……"

话音未落，老板就抢答道："找万老二？在棋牌室！顺着这条路下去往左一拐就能看见。要不然就是再拐过去二路口那边，他要在棋牌室赢了，就跑那边烧烤摊跟人喝酒去，醉了就找人吵架。"

说着说着，大概自觉是提供了信息算是有来有往，老板接下了余烬手里的烟。

"行嘞，多谢您啊。"阿特点点头。

老板摆摆手，示意没事。

"老板在这儿开多长时间店了啊？"阿特摆出一副闲聊的样子。

"五六年了！"老板拆开烟点上一支，"这边生意不好做，但也还行，都是些老邻居照顾，他们图个方便，我也图个轻省。"

阿特笑笑。"那万老二他们家呢？"

"他们家晚一点，是后来才租在这里的。晚了有个大半年吧。"

"您在这边待那么久……"阿特突然凑近了一些，"知道前面乔家出事了吗？"

一听乔家，老板的神色立马变了，说："可别说了，我们害怕得很，想想那小姑娘以前还到我们家买水果呢，没想到就遇上了这种事。"

"这里面是不是有什么事儿啊？"阿特一边摆弄水果，一边状似好奇地问。

老板声音低下去，说："我也是听别人说的，说那女孩平时就喜欢勾三搭四的，不爱上学，就爱出去玩，生活乱得很，迟早都要出事。"

"哦……您见过呀？"阿特故意摆出八卦的样子，"她怎么跟人纠缠的？"

老板表情僵住，说："这我可不知道啊！我就是听别人都那么说。一个人说是乱说，人人都这么说，肯定是真有点什么问题呗。再说那年她不是举报那个什么美术还是音乐老师性骚扰她吗，这事儿就是假的，警察查出来的！你说那时候就爱撒谎，家长也不教育，现在可不就出事了！"

"那都多久前的事情了！"

"……是有几年了。"老板抽了一口烟。阿特也没再问什么，再次道谢后，和余烬一起离开。

"你说，这好几年的事情了，怎么还揪着传呢？"

路上阿特突然来了这么一句，既像是问余烬，又像是自言自语。

"有人故意。"余烬的回答言简意赅。

阿特笑笑。正笑着，又见余烬摸了手机出来。

"查什么？"

"查查附近这几年还有没有值得传的。严谨一点。"

"呵。"阿特拍了拍他的肩膀。

第二十四章
万老二

棋牌室不远，两人很快就走到了。

扒开门口的橡胶门帘，一股冷气夹杂着强烈的烟味迎面袭来。

冷气不算很足，不过比外面的炎热也要好上几分。可惜屋里人多，烟雾缭绕，汗味熏天，加上空气不流通，还吵闹得很，混杂到一起，让人想立刻出去。

余烬眉头已经皱起来了。

阿特继续往里走，不大的地方开了四五台桌子，基本都是四五十岁的中年人，打牌的、看牌的，围成一个圈，间隙处都摆上了电风扇乌拉拉地转，屋里挤得水泄不通。自动麻将机洗牌的声音一茬接一茬，还混着大爷们激情上涌时的喊牌声，吵闹得紧。

阿特的目光穿过众人，一眼看到了最里面正摔麻将摔得热火朝天的男人。

阿特走到他背后。

万老二换了件花衬衫，耳朵上夹着一根烟，嘴里还叼着半根，正指着桌上刚摔出去的四万激动地喊："杠，有杠！骰子呢？"

有人看了阿特一眼，见他不吭声也就不管了。万老二从桌面一堆凌乱的麻将牌里翻到了两个骰子，攥到手心，把烟拿下来冲手心哈了口气，然后一手夹着烟，一手姿势潇洒地一摔，跟着骰子点数去摸牌。摸起来后，把牌扣在指间，用大拇指指腹细细描摹，脸上露出高深莫测的表情。

旁边人叫起来："你倒是快点啊！"

万老二并不急，摸了一阵，突然一声大喊："来了！杠上开花！"说着把牌往桌面重重一扬，接着把自己面前的牌一溜儿推倒。

还真是杠上开花！

万老二眉飞色舞，把烟重新叼回嘴上，两手收钱收得脸上乐开了花。

这时，一只强劲有力的手搭上了他的右肩。

"万老二，跟我们出来一下呗。"

"别碰！别耽误老子赢钱！"万老二头也不抬地甩了甩肩膀。没想到没甩掉，那手还是沉沉地压在他肩头。

他一下心头火起，猛地站起身嚷道："你给老子滚……滚……稳……"

面前站着的这个人，脸倒不是很熟，但跟在他身后的那个，这一天里见了好几回，他就算不知道对方是谁也知道对方的身份。这么连带着一想，他想起了阿特是谁，毕竟上午刚见过。

"都给你留了时间杠上开花了，钱也赢到手了，出去聊几句不过分吧？"

阿特脸上带着笑，可眼神却是冰冷的。

"不过分，不过分。"万老二立马软下来，"我配合，我配合。"

阿特按着他肩膀的手往外一带，连搭带推地把他往外面引。屋里的声音似乎因为这番变故稍微小了一点，好几双眼睛看着他们。这又引得更多人停下手中的牌看过来，还有人边东张西望，边默默地把桌上的钱收起来。

一时间，屋里只剩下老空调"嗡嗡嗡"的声音。但也就是一瞬，随着余烬掀起门帘，热浪从外面扑进来，屋里又重新恢复了热闹。

余烬忍不住长长地呼了一口气。里面虽然凉快，可那味儿真够呛，外面热归热，好歹空气新鲜。

"你们要问什么？"

万老二刚一出门口就缩了一下，似乎做好了拔腿就跑的准备。

"走，我们到车上聊。"

"我不。"万老二下意识地叫了一声，又立马蔫儿了，"我……我没犯事儿，就打打牌……"

"了解一下情况，没说你犯事儿！"阿特又好气又好笑。就是图个车上凉快而已，怎么这么多心眼呢。

三人上了车。阿特打开空调，眼睛盯着后视镜问："你和乔家有什么纠纷吗？"

"啊？"万老二愣了一下，然后疯狂摇头，"没有没有，我能和乔家有什么纠纷啊，平时都不打招呼的。"

"是吗？上午看你骂得最起劲，对乔家像是意见很大的样子，还以为你们两家有纠纷呢。"阿特语气随意，仿佛随便感叹一下。

"没没没没，绝对没有。"万老二好像生怕和乔家扯上关系，连连摆手，"我这人就是嘴碎了点。"

"是吗？"阿特回头看他一眼，"据我们了解，乔琳琳的事多半是从你嘴里出来的。你对乔家的事格外热衷啊。"

"这……这没有的事。"万老二的头上冒出了汗珠。

阿特冷笑了一下，目光忽然变锐利。

"你说和乔家没有任何纠纷，那就奇怪了，你怎么会这么热衷于四处传播乔琳琳的事？"

"我……我就是……"

"怎么，又要说你嘴碎？万传林，你如果是热衷传播八卦，这附近小区能传播的不少吧？光我打听出来的，四年前附近小区发生一起小三带着私生子上门认亲的事闹得挺大，还有一起两年前的公媳通奸被抓的事，这些事闹得也挺大，还被当地媒体采访过，可是似乎传播度都不如乔琳琳的事广。……万传林，我现在再给你个机会，你可以重新考虑一下，你对乔家或者是，你对乔琳琳，到底有什么意见？"

阿特的目光充满了审视，似锐利的钩子，让万老二的心虚无处躲藏。

"我……我冤枉啊警官，我真的就是爱喝点酒爱到处瞎说，我……"

"行了。"阿特直接打断了万老二的辩解，"你这态度，让我完全有理由怀疑乔家的命案有你参与其中，你现在不想配合也可以，那我们就请你走一趟，到局里喝杯茶再详细聊聊行不？余烬！"

阿特甩给余烬一个眼神，余烬立刻做出伸手往腰间掏东西的样子。

这可把万老二吓坏了。他不敢想余烬会掏出什么来，一只手使劲扒拉车门把手，但门已经上了锁。眼见无路可逃，他终于屈服，缩着手脚高叫："别别别，我承认，我承认！"喊着瞥了他俩一眼，"我承认，是，是替人办事，把乔琳琳的名声……搞……搞坏一点。"

"搞坏一点？这么说你是故意散布关于乔琳琳的流言，让她在街坊邻居这里受白眼？"

"那也不算流言啊……"万老二缩着脖子辩解，"那本来也是她做过的事，我就是，我就是给大家伙儿再回忆回忆。"

"让你办这事的人，是薛檀君？"阿特紧紧盯着万老二，看他眼神游移，突然又加了一句，"……还是薛川业？"

阿特冷不防的一句话，把万老二惊得差点跳起来。不用回答，这番做派已经回应了一切。

阿特从手机里调出一张图。图是他刚发微信让刘天明在薛川业所在学校的官网上截下来的，上面的男孩穿着校服，一头短发很精神，笑起来非常有活力。旁边就是个人介绍和校方寄语，恭喜他荣获校计算机竞赛一等奖。

"这就是薛川业。"阿特也仔细地看着图上的男孩。其实他之所以会这么问，正因为他看到万老二在和一个高壮的年轻男子说话，在了解了乔琳琳之前的事情后才做出了这样的推想。没想到还真就是薛川业。

"是……"万老二有些泄气地回答。

阿特收起照片，脸上又重新一派温和。

"说说你们之间的事。"

接下来的半个小时，万老二交代了他和薛川业之间的交易。就在差不多两年前，薛川业不甘心关于乔琳琳的流言渐渐淡去，于是找上了嘴碎的万老二，让他多传传乔琳琳的坏话，骂得越难听越好。

一开始薛川业准备付钱，但万老二看不上学生娃拿出来的那点碎银子，给拒绝了；却没想到薛川业掌握了万老二在网上和人调情的记录，要挟他如果不干就曝光给他的老婆家人，还要在小区附近大肆宣传，这一下就掐中了万老二的命脉，让他只能无奈妥协。

阿特和余烬听得哭笑不得。

这时候天也晚了，阿特也不想再多耽搁。

"你确定，薛川业只是叫你散播乔琳琳诬陷薛檀君的事，没叫你再做点别的？"

"没有没有，我哪敢呐？我也就敢干这些，别的我可不敢。"

万老二一脸真诚，还翻出薛川业和自己的交易记录，钱不多，但每月都有点，够万老二去赌场上小小挥霍几把。

阿特看看他。总的来说，这个万老二，虽然有点油滑，但又怯懦得可以，应该和案子没什么关系，真的只是到处乱讲话而已。眼见再挖他也说不出什么东西了，阿特解开了车锁。

"今天先了解到这里，如果有新的情况，我们还是会找你的，希望你到时候还能这么配合。"

"好！一定一定！"万老二一口答应，明显松了口气，"那我可以走了？"

阿特冲车门一点下巴，万老二立刻打开门马不停蹄地走了，连个眼神都不敢停留。

第二十五章
莫子今

第二天一早，阿特刚进门就听余烬说："特哥，拍视频的人找到了，传唤证也拿到了。"

阿特怔了一秒，瞬间进入工作状态，喊了声"走"就抬脚往外。余烬自然跟着，临出门前又叫上了郭子敬。

头天晚上，他们已经基本弄清楚了死者的身份。

江民羽，男，21岁，中专学历，户籍是外地的，本人曾在千江市读书，毕业后就一直没有找工作。已经在联系他的亲属了，说是近期就会赶过来。但他跟乔琳琳是什么关系，暂时还不是很明确。

但目前并没有在监控中找到视频拍摄者的身影。虽然小区监控运转正常，但这种老小区，监控覆盖面不够，死角很多，熟悉地形的人想避开完全办得到。

幸好陈学钢那边还掌握着对方的联系方式。虽然只是一个

微信号，但警方至少可以通过这个号查到关联的手机，而从陈学钢提供的视频购买中介人那里了解到，对方时不时地都会有视频买卖的行为，虽然不经常，但手机／微信号断断续续都在用，于是在中介人的帮助下，陈学钢顺利地用小号再次加上了对方。而郭子敬则趁着双方交流的机会，锁定了对方的位置。

居然在一家网吧里。

没花太长时间他们就赶到了那家位置偏远的网吧。他们赶到的时候，网吧正在营业，老板在前台叼着烟打电话，见人掀开帘子进来，漫不经心地招呼了一声："上网请出示证件。"

阿特的视线扫视一圈，又回到老板身上，听话地出示证件。

老板看了一眼，瞬间愣住。

"我的妈！"老板脱口而出，烟从嘴里掉下来，落到大腿上，烫得他"嗷"一声跳起来。不过他也顾不上，马上说："那什么，我这是合法经营定期纳税，几位……"

话还没说完就被阿特抬手打断："我们找人。现在有哪些人在上网？"

老板赶紧手忙脚乱地展示正在上网的人员和机器位置。阿特一眼就看到和手机关联的那个人：莫子今。他点点这个名字，老板马上会意，说："204包厢，二楼走到底左手边就是。"并加了一句："要不要我带几位过去？"

"不用，我们自己过去就行。"

"好的，好的。"

他们没有打搅其他人，也没去管投注过来的好奇视线，只做出来上网的样子上了二楼。楼上是一条直直的通道，没有别的岔路，很好找。

阿特站在 204 包厢门前，这种门锁一拧就开。

莫子今戴着耳机沉浸在游戏世界里，连阿特拧开门锁站在他身后也没察觉。

身份证开完包厢后就随手放在桌子上，带照片和名字的那一面朝上，"莫子今"三个字一眼就能看见。

阿特拍拍他肩膀。

"莫子今，跟我们走一趟。"

审讯室。

莫子今歪歪地坐着，视线不停地在对面的阿特和苏琳身上扫来扫去。

他年纪不大，个子也不算高，一头凌乱的黄毛，刘海垂下来盖住了半边脸。穿着仿大牌的黑色 T 恤加紧身裤，脖子上挂着根粗大的银链。大概是经常熬夜的缘故，他眼泡浮肿，两个硕大的黑眼圈格外明显，人看起来也没什么精神，尤其右边脸颊还肿了起来，嘴角的地方也磕破了皮。整个人看起来颓废又狼狈，偏偏还不老实，瞪着一双不大的眼睛上下打量苏琳。

这视线让苏琳皱了皱眉。

"老实点，往哪儿看呢？"阿特瞥他一眼，警告了一声。

对上阿特的眼神，莫子今稍稍收敛一些，毕竟他脸上火辣辣疼的伤就是阿特造成的。

刚才在网吧里，阿特刚说完那句话，莫子今愣了一秒，忽然猛地丢下耳机就想逃跑，可在阿特面前，他显然没有得到这

个机会。

阿特出手一拦，莫子今反应迅速抓起地上的垃圾桶就想搞一波突袭，却被阿特灵活躲开，然后反手一个擒拿，就把莫子今给强硬地捵到了桌面上。

想到阿特的身手，莫子今的眼神畏惧地闪烁了两下。

"姓名。"

阿特开始例行询问。

可能是阿特在网吧里给的下马威起了作用，疼痛的教训太过强烈，对于他的问话，莫子今明显配合了许多。只是他虽然不乱看，也老老实实地回答问题，语气还是懒懒散散的。

"莫子今。"

"年龄。"

"22……"

一段例行问话，了解了一些基本信息。又是一个无业游民，平常偶尔搞点直播、买卖点视频，反正有一搭没一搭地，能活着就行。阿特看着对方的样子，突然转了个话题："知道我们为什么找你吗？"

"我……"莫子今愣了一下，嘴上犟着，"我怎么知道？"

"要不要给你时间好好想想？"

"想什么想……"莫子今扬起脖子，"我上个网怎么了？我又不是未成年，你们冲进来无缘无故殴打我一顿，还把我抓到这里来，是我要告你们！"

"呵。"阿特完全不吃对方的虚张声势，而是慢慢地拿笔点着本子，"没关系，咱们有的是时间，你慢慢想。我跟你说啊，本来呢，只是找你问点事，但是你拒绝传唤并暴力袭警，我可都给录下来了，证据确凿啊！你知道袭警罪吧？"

苏琳跟着在旁边补充道："《刑法》第二百七十七条，暴力袭击正在依法执行职务的人民警察的，处三年以下有期徒刑、拘役或者管制。"她故意把"三年"两个字说得重一点。

莫子今的脸一下就拉下来了。有那么一瞬间，阿特似乎感觉到了一抹凶光，但等他再凝神看过去，莫子今已经垂下眼皮。

阿特也没管，直接拿出打印的聊天记录和付款收款记录放在莫子今面前。

"我也不兜圈子了。你看，我们已经完全掌握了视频买卖的证据，这个把视频卖给'千江探险'的人就是你吧？不用否认，各种身份信息都对得上，不然也不会找到你。说说吧，视频怎么来的？"

"什么视频？你说的我听不懂。"

"听不懂？"阿特笑了一下，"现在证据都在这儿了，说听不懂就没意思了吧？你应该也知道，这些东西，删是没有用的，数据后台随时能恢复，关联的银行账号上的流水也一目了然。"他的语气稍微重了一点，"你用不着抵赖，没有用，早点把你了解的情况说出来，是为你好。"

莫子今抽着嘴角也跟着笑了一下。但就是不说话，一副死猪不怕开水烫的样子。

这个样子让苏琳觉得很不舒服。

"莫子今。"她喊着对方的名字，"证据摆在这儿，你也不用抵赖视频和你没关系。既然有关系，那么你应该很清楚这涉及的是什么样的案子。凶——杀——案。有人死了！"她说得不快，但每个字都清晰而沉重，"这种案子，你不要想着可以蒙混过关，或者死不开口就拿你没办法。我们会尽全力，事无巨细地，把整件事摸得清清楚楚，而你不说话，耗掉的仅仅是你自己的机会。你现在已经一只脚在案子里，推脱不掉了，所以我劝你，'坦白从宽，抗拒从严'，不要把自己的机会白白耗光。"

一长段话说完，莫子今的脸上收起了所有表情。很显然，虽然一时没有回应，但他应该是把这段话听进去了。

阿特侧头看了苏琳一眼，微含着点笑朝她点了点头。

几个人都没再出声，审讯室里没了动静。

但阿特也懒得守在这儿。"没事，你先好好想想。"他朝苏琳使个眼色，两人一起退了出去。

但其实审讯室的玻璃是单向的，他们依然可以在外面观察莫子今的反应。这一点很多人都知道，但视觉上的封闭感仍然会让人不自觉地陷入孤身一人的感受中，从而慢慢暴露出在他人面前不会暴露的情绪。阿特要看的也就是这个。

不过一时间他还没什么变化。阿特抱着胳膊朝苏琳挤挤眼睛，说："挺会说啊。"

苏琳不好意思地说："就……有点着急。"

"但你说得挺对。这种吊儿郎当的人，很多时候就是意识不到问题的严重性，结果不仅误人，而且自误。"

"嗯。"苏琳歪着头，"不过这个人……"

"怎么？"

"总让我觉得，好像也不是那么吊儿郎当。"

"什么意思？"

苏琳眯起眼睛，仔细回忆了一下，但最终摇了摇头。"我不确定。"

阿特也没追究。不过他稍微在心里多记了一笔。直觉是种靠不住但又不能忽视的东西，实际上很多时候自己已经观察到了问题但意识还没反应过来，就会以直觉的方式提醒自己，所以任何直觉都不能放过，而需要在此后加以证实或证伪。

先记下吧，他想。还不知道能从莫子今这里挖到什么呢。

这个时候，玻璃另一头的莫子今慢慢塌坐在椅子上，肩膀也随之耷拉下去。

这副姿态一看就是心理防线已经松懈，已经被攻破一角了，开口不过是时间的问题。

苏琳眼看着就要继续进去问。

阿特拉住她说："再等等。"

"磨叽。"她嘟囔了一句，不过还是停了下来。

阿特笑了一下。想想也知道，她说的不是自己。

但是办案不能急。"有时候要争分夺秒，有时候要耐得住性子。"阿特的脑海里突然浮起一个声音。

师父赵维义的声音。

怎么会想起这个……他无奈地对自己笑笑。

要再成熟一点啊！

第二十六章

态度

"他怎么了？"苏琳突然说。阿特隔着玻璃看过去，莫子今把脑袋压在桌边，看不清表情，只是肩膀一抖一抖的。

在哭？在笑？

虽然不知道具体情况，但对方显然出现较大的情绪波动，正是介入的好时机。"继续吧。"说着，他一推门走了进去。

再看苏琳，也一秒切换工作状态。

两人进门的声音惊动了莫子今。他抬起头，脸上倒是没有眼泪，只是两只眼睛都红红的。不过在看清两人的瞬间，他又换上了满不在乎的笑。

"考虑得怎么样了？"阿特还是先走温和路线。

"视频到底怎么来的？"苏琳马上跟着扮白脸，态度严厉。

这个态度似乎戳中了莫子今的喜好，他的视线再度在苏琳脸上、身上游走，带着某种含混的意味——但又赶在两人开口骂他之前挪走，声音懒洋洋地说："我拍的。"看阿特微微一惊，他又重复了一遍，"我自己拍的。"

阿特真的有点惊讶。

一个人拍下了死者的视频，非但没有报警，还出售视频获取利益，然后若无其事地进行自己的生活，全程没有任何惊慌失措。甚至被警察带走，也咬死不松口。

这得是个什么人啊？！心理素质真是好得过分了。

阿特打量了莫子今一眼，发现他好像完全没把"死了一个人"这件事放在心上。

"怎么拍的，为什么要拍，和死者认识吗？"

"认识。"莫子今回答得有点拖拉，但一开了口，就接连往外倒，"死的人是江民羽，我们打牌的时候认识的，一起玩过几次。我欠他点钱。他头几天跟我说认识了一个特别好看的妹子，两三天就能拿下。我说他吹牛，他不服就要跟我打赌。"

"赌什么？"

"他说要是拿下了，我欠的钱翻倍；要是拿不下，我的账就一笔勾销。"

阿特冷笑道："你们还真是什么事都能拿来赌。"

"图个乐子呗。"莫子今满不在乎。

"那江民羽说的那个女生，你知道是谁吗？"阿特抬头看他。

莫子今翻了个白眼道："乔琳琳嘛。那房子就是她的，你们肯定查到她是谁了。"

"之后呢？"

"之后他就死了呀。"似乎是觉得自己说得过于模糊不清，他主动补充，"我到的时候他已经死了，我也没干别的，拍了视频就走了。"

就这么简单？阿特正想开口，苏琳插嘴问了一句："你怎么知道他死了？你碰过他？"

"我哪敢碰啊！但是他流那么多血，地毯都湿透了，怎么也不可能活了吧？"

"你就没想过赶紧抢救？"阿特不解地问。

莫子今愣了一下，说："还要费那事儿？"他想了想，"不是我冷血啊，他当时看着都硬了，真没什么抢救的必要了吧？"

硬了……"你什么时候去拍的？"

"早上，5 点多吧，具体的不记得了。"

5 点多……倒是和之前推测的死亡时间不矛盾。

"你……怎么想着要去拍的？"这个问题阿特一直很好奇。从莫子今的表述来看，当天晚上的行动应该是江民羽的个人行为，但怎么那么巧莫子今就去拍了呢？

"我这个，我……"莫子今挠挠脑袋，"我不就，看他不爽吗？"

这话一点逻辑都没有。阿特没说话，但脸上的表情显然在说"交代清楚"。

莫子今咳了一声。"这人，我就一直看不上，长得人模狗样，兜里也没几个钱，还成天拽得不得了。天天炫耀他有多少多少女人，什么这个妹子那个姐的，也没见他带哪个出来玩过啊。"看阿特的表情越发严肃，他马上灵巧地说回正事，"但那天打赌吧，看他说得信誓旦旦、斩钉截铁的，我心里就有点打鼓，心想这小子这回怕不是来真的了，也就是一时好奇嘛，就，就，跟踪了一下……就发现他在那个乔琳琳家周围打转。我就猜到他说的妹子就是这个乔琳琳呗。

"前天晚上他跟我说马上就能得手了，结果我玩了一晚上游戏也没等到他冒头，正好困劲儿又过了，我也无聊，就想着过去看看情况。本来看着黑灯瞎火的，还以为没戏，没想到防盗窗有个洞，我就钻进去了……结果就看到了……是吧。"

"你拍来干什么呀？就为了卖那 500 块钱？"

"那倒不是。就……挺难得看到这么一事儿的，先拍一下呗。后来是正好看到有人征集视频，才想着可以顺便挣一笔。"

"啪嗒。"阿特手里的笔掉在桌上，他又面无表情地捡起来。

"那你胆子挺大啊，还敢在里面拍视频，就不怕凶手还在里头？"

莫子今好像听了个笑话，回答道："我又不傻，肯定是确认过里面没人才放心拍的呀。"

"当时还有什么特别的地方吗？"

"那没注意。要是注意到了就该拍进去了。"

"那你进出碰到过别的人吗？"

"没有。"

一个问题接一个问题，莫子今回答着，苏琳啪啪地敲着电脑。阿特在自己的本子上点点画画，突然问："那你怎么没想到报警？看到死人了，一般人的第一反应是赶快报警吧？"

莫子今又露出那种不以为然的表情，说："那多麻烦呀。

再说了，你们最后不也是因为我的视频才知道这件事的吗？也算是我报警了吧。"

"你报个屁。"阿特没忍住骂了一句，"一个人死在你跟前，你既没想着救一下也没想着报警，还拍视频，还卖视频，你还有点人性吗？那是活生生的一个人！"

——这是真正让阿特感到不舒服乃至愤怒的地方。

说到江民羽的死，莫子今平静到仿佛在谈论市场上死了一只鸡鸭。

没有恐惧，也没有惋惜。

这还是一个和他一起吃喝玩乐过的"朋友"！

这种对生命——尤其是对自己同类的生命的漠视，是任何正常人都难以接受的。

然而面对阿特的责问，莫子今毫不动容，他微昂着头，好像有点累了似的歪坐着，再一次地，不说话了。

第二十七章
流言

"这个莫子今，真是⋯⋯"

阿特叹了一口气。

要凭他的本心，倒是很想把这个人关起来。但做不到。

现在没有明确的证据证明他犯了罪——违法当然是违了，但只够得上批评教育的程度，而那又是个油盐不进的，除了一开始被苏琳的"三年"吓到了之外，其余的话，无论怒骂还是讲理，都没进他脑子里去。

最后也只能放他走。但是不能离开本市，而且阿特也和他居所所在地的派出所打好了招呼，嘱咐一定仔细盯着此人。

但那张漠不关心的脸，真是想想也恶心。

"反社会人格吗？"他自言自语。

"不一定吧，可能和他的经历有关。"苏琳在旁边搭了一句。

"嗯？"

她正在翻莫子今的资料，拿着其中一页放到阿特面前，指着其中一部分说："看，他父亲多次家暴，后来在争执中把妻子推到墙上，没想到上面有一根钉子，插入大脑造成脑干损伤导致死亡。关键是，这些事就当着莫子今的面。"

阿特怔住了，张嘴讷讷地问："那时候他才多大啊……"

"10岁。"苏琳叹气，不管这件案子莫子今有没有嫌疑，但他的童年遭遇确实值得同情，"后来警方调查，莫子今出面指认他父亲不是失手误杀，而是故意把母亲往钉子上推的。这一点被法庭采信，他父亲判了12年。

"因为他的指认，爷爷奶奶这边的亲戚基本就不认他了，他跟着外婆过，不过那边也……看这儿，直接说因为他跟父亲长得像，没法坦然面对……也就是供个吃喝管着不死而已。你看，打架斗殴好几次，街道、民政都介入过，但没用。成年以后就自己出来谋生了。

"可能跟这段经历有关，莫子今才表现得那么漠然吧。"苏琳最后感叹道。

"嗯。"阿特一边听一边翻着资料，脑子里勾勒着莫子今从小到大的成长路线。不得不说，有这样的经历，孩子确实可能比一般家庭更容易走歪，莫子今也确实成了警察局的常客，不过他的累累案底里也只是些打架斗殴、偷鸡摸狗的小事，只违法，不犯罪，小事不断，大事不犯。

这也许算是不幸中的万幸。

"他的言行表现，看起来倒和这些经历对得上……"阿特边想边说。那很有可能确实如他所述，是在案发后才抵达现场……但一切其实都要以证据为准，"勘验和尸检报告出来了吗？"

苏琳敲敲鼠标，说："还没有，我问一问吧。"

这时，陶美娟找了过来。

两件事。一件是听到风声的"天眼团"再次出动，自觉自愿地发了一些照片、视频过来——自从阿特在视频里专门就此事感谢过粉丝后，每有案发，都有热情的粉丝发来相关时段、相关地域内的信息，渐成惯例，倒不仅仅包括阿特他们负责的案件。不过通常没什么大用，这次也是。地方偏远加上深夜案发，很难有碰巧拍到的有效信息。只能感谢粉丝们的热情了。

另一件却让陶美娟眉头紧锁。她展示了一堆截图记录，不仅有账号后台的，也有其他网络平台的；都是差不多的内容——

"大半夜死女人家里！"

"我就是小区的我知道，这男的来了好几天终于把这女的勾上了，但是显然价钱没谈拢，懂的都懂！"

"太恐怖了，跟你们说，视频太恐怖了，全是血！"

"女的叫乔琳琳，别问我为什么知道，她爸坐牢，她妈跑了，她自己诬告，一天到晚勾引别人，破事烂事一箩筐，不用我说出来，这边哪个不晓得？"

"她终于杀人了，我一点也不意外？"

"视频在哪儿呢？哪儿呢？"

"这案子没必要查了吧？凶手没跑啊！"

"凶手肯定是这个女的，太狠了，感情的事情居然还动刀子！"

"都不是什么好人。一个巴掌拍不响！"

"你情我愿的事情，谈不拢就杀人！"

"……"

这件事已经在网上爆热。虽然视频被限制传播，但文字描述仍然传得到处都是，甚至比视频内容本身更加夸张。还有人根据视频和文字画出了现场图片，"煞有介事"地进行案情分析。在大家的讨论里，乔琳琳已然被坐实"凶手"身份，而更多的声音则集中于她是个什么样的人，以及她和死者的关系，其中夹杂着大量污言秽语和无端臆测。

"哗啦！"苏琳突然脸色铁青，甚至有些粗鲁地站起来，走出人群。

阿特看了她一眼，但还是先把注意力放在当前的工作上。

乔琳琳家里的事，以及三年前她的那些事，都被扯了出来。很多人纷纷跳出来放言，力证自己如何确知整件事的来龙去脉。有人煽风点火，还有人纯图一乐，拿着错漏百出的谣言到处乱传。也不是无人反驳——尤其在自家账号下的讨论里，很多人都在指责"网络办案""信谣传谣"这些不良行为，但这些声音被更大的谣言、传言浪潮所掩盖，完全阻挡不了层层叠叠的网络狂欢。"乔琳琳"这个人正在急速地被这些流言塑造着：品性低劣、生性浪荡、心狠手辣，一时间仿佛世间所有的恶都能在"她"身上找到。

有一篇评论后还附有一个链接。链接点开后显示的是三年前的帖子，评论者说，看看当年她同学们的反应，就知道她是什么样的人了。

阿特皱着眉往下翻。链接里的内容在一堆谐音词或缩写中，有着大量的辱骂和诅咒词汇。

阿特终于没有看完这些截图。而他一抬头，其他人也跟着立起身子，没人愿意继续读这些带着极强伤害性的内容。

所有人的脸色都不好看。

"加紧排查，优先把人找到吧。"阿特觉得自己说了句废话。这件事其实技术部门和基层民警一直在加紧进行，询问周边并严查监控，毕竟哪怕一时间没有被监控拍到，后续也总会走到有监控的地方。阿特说这句话，更多的倒像是纾解自己的情绪。

他很清楚这些流言有多大威力。如果乔琳琳看到了……

"特哥。"他突然听见余烬招呼他。

一抬头，余烬正端着笔记本电脑对着他，而电脑的屏幕上显示着刚发过来的尸检和痕检报告。阿特的视线在上面匆匆扫过，整个人逐渐从刚才的沉郁中清醒过来。

"去叫苏琳。"他吩咐余烬，又转头朝屋里喊一声，"都过来，开会！"

第二十八章

闹剧

　　江民羽死于利器破坏颈总动脉造成大量血液呛进气管带来的机械性窒息。而腹部的几道创伤，缺乏生活反应，判断为死后造成，与致命伤是同一把利器所为。造成破坏的利器应该是一把刃尖呈 55 度、刃宽 2.6 厘米左右的家用水果刀，与遗留在现场的水果刀鞘大小吻合，可以考虑属于同一套。但现场没有发现凶器，疑似被行凶者带走。

　　刀鞘上只采集到了一种指纹，经与屋内其他痕迹对比，该指纹属于乔琳琳。

　　但留在现场的指纹并不只有乔琳琳的。在房门、防盗窗和茶几上都发现了其他人的指纹，除了乔琳琳、江民羽和承认到过现场的莫子今的指纹外，还有一种，目前尚不明确属于何人。同样的，现场的脚印经过比对，也发现除了上述三人外的第四种脚印。

也就是说，还有第四个人到过现场。

这无疑是个巨大的突破。

根据脚印，估算此人鞋码为41码，应该是男性，身高在175到185厘米之间，但脚印显示的体重偏轻，在60到70公斤之间。此人的脚印散见于房间各处。

"这人嫌疑很大啊！"刘天明喊。

而此时阿特脑子里已经跳出了一个名字：薛檀君。

他侧过头问余烬："你还记得吧，现场调查的时候，几乎所有人都提过以前乔琳琳和邻居薛檀君的事。直到现在，薛川业仍然余恨未销，在努力传播关于乔琳琳的坏话。"

余烬愣了一下，问："特哥觉得他是这第四个人？"刚说完又自己否定，"不对，对不上。"

无论是之后调查的情况，还是当时现场的匆匆一瞥，都显示薛川业应该是个高高壮壮的大小伙，和足迹情况不相符。那么……"薛檀君？"

阿特点点头道："不是没有可能。"顿了顿又问，"现场调查的时候他们有没有提到，那件事之后到现在的时间段里，薛檀君，或者他的亲属，和乔琳琳发生冲突？"

余烬想了想道："没有。大体上提供的内容到薛家搬走就结束了。"

阿特点点头。薛家人是肯定要查的，这种明确有着恩怨纠葛的对象本来就在排查之列。郭子敬已经查到了薛家现在的地址，他在琢磨着马上就出发。但此时却接到了郑志刚的电话，乔建霞到了。

阿特没想到一到现场所在的小区，先看到的是一副冲突场景。

"你这个警察同志怎么就说不听呢，这是我家，我想进去看看！"

高亮的声音中，一个体型有些肥胖的中年妇女正拉扯着守着警戒线的值班警察，她伸出手指着院子，手指上的钻石戒指在阳光下极为晃眼。

"不好意思女士，现在案子尚未侦破，任何人都不得随意出入。"

"这是我家！我怎么不能进？！我还有上好的花梨木家具在里面，我要进去看看的啦！这是我家的财产，我要进去看看才放心啊！"

值班的警察看着年纪不大，似乎已经被纠缠的没办法，一直重复："不好意思，您不能进去。"

阿特停下脚步，站在树下不往前走了。

"怎么了？"苏琳问。

"先看看。"阿特抬了抬下巴。他想对乔建霞建立起初步的印象后再与人接触。

那边乔建霞似乎知道说不动看守的警察，见周围的人越来越多，突然开始大声号哭："哎哟！哎哟！我的天啊，你们就知道拦着我，能不能找个人给我说说理啊！我是倒了什么霉啊，哥哥不争气，留给我一个侄女也不争气，我命苦啊！照顾这个照顾那个，到头来招的什么祸，人死在我家里啊！我真是命苦啊，我有苦没处说啊，我这好好的家，死个人把风水都坏了啊，造孽啊！"

女人哭得一声比一声高，一边哭，眼睛还一边瞥周围的人，见有认识的人到了，瞬间哭得更卖力了。

"郑阿姨啊，你帮我评评理啊！你说我这冤不冤？我上次回来还好好的家，这才隔了多久啊，就告诉我死人！跟我又有什么关系啊，这外面地方那么多，怎么就非要在我家死啊？我真是有苦难言啊！"

旁边一个看热闹的大叔突然说："这要问你家侄女嘞，人大半夜来你家里做什么？现在人死了，她不见了，你说怎么回事嘛！"

"你什么意思？你什么意思？"乔建霞刚才还抓着认识的一个婆婆哭得一脸悲痛，突然就换了副神色，气势汹汹地指着这人骂道，"你大早上嘴巴喷了粪啊？在这儿放什么臭屁？我看你是脑子坏掉了要用水冲冲，看看里面流出来的都是什么腌臜东西！人大半夜来不能来偷东西啊？我这还放着一套上好的黄梨木家具，人家要想来入室抢劫不行啊？"

大叔也不甘示弱地说："哦哟哟，大半夜来偷你的黄梨木，谁想不开干这蠢事啊！也就你自己稀罕，要我说啊，这家风不正才招来不干不净的东西咧！"

"你说谁家风不正？你说谁！"

乔建霞一听这话，三步并做两步地冲上去拉住大叔，一巴掌就朝人家脸上招呼过去。周围人都被她这举动吓了一跳，守着警戒线的小警察脸色都变了，赶紧跑过来拉住她的胳膊。但还是晚了一些，虽然没打实在，但手也扫到了大叔脸上。大叔登时就不乐意了，一把扯住她的胳膊，不留神却被她从另一边扯住了头发。

"泼妇！你给我放手！"被迫低着头的大叔满脸屈辱，却又不敢使劲拽乔建霞，毕竟头发还在对方手里，太过用力的话，吃亏的还是自己。

现场的围观群众也都帮着拉架。可说到底，乔建霞家刚出过命案，大家多少有些忌讳，加上乔建霞本人如此泼辣，让人不免担心惹火上身，所以现场虽然七嘴八舌，真的拉架的人并不多。只有小警察在努力想分开他俩。

乔建霞还一边拽头发一边骂："叫你满嘴喷粪，叫你满嘴喷粪！我家琳琳千不好万不好，那是你能随便说的？你当自己什么玩意儿？我看着躺在里面死的人，就该是你！"

喝骂声中，场面一团乱，连周围路过的人也被牵扯进来。

眼见这场闹剧不仅没停下，还有愈演愈烈的趋势，阿特脚步动了。

"都干吗呢！"他一声大喝，中气十足的声音响亮地传递到在场人的耳里。

乔建霞也听到了，手上动作下意识地停顿下来，被死死拽住头发的大叔瞥见阿特和苏琳气势不一般，一下像找到帮手，大声喊道："救命啊！救命啊！"

"干什么呢！把手松开！"

阿特走到两人跟前，又是一声喝止，可惜乔建霞看了他一眼，不为所动。

但出乎所有人意料的是，跟在阿特旁边的苏琳一步踏上前，突然出手，快准狠地捏住乔建霞的手腕，然后轻松一扭，就卸掉了乔建霞的力。大叔瞬间被解救出来，一蹦三尺远，心有余悸地摸着头发瞪着乔建霞。

其他人都是一愣。谁也没想到这个面上始终带着笑容，看起来温和亲切的姑娘，不但出手果断，而且极有章法。有几个人不自觉地退了半步。

连乔建霞都愣住了。在苏琳松开她的手腕，退回阿特身边后，她才好像突然反应过来。"你谁啊你！你们随便伤人，我要报警！"她高高地举着自己的手腕，一边大声嚷嚷，一边拽紧了小警察的衣服，"警察呢？警察在这儿，警察在这儿呢！怎么上来就动手啊？哎哟疼死我，警察同志你可不能光是看着啊！"

小警察显然没有处理这类事件的丰富经验，被她拽得有点发蒙，但似乎又确实觉得苏琳动手不太对，犹豫地看着阿特两人，说："你，你们……"

阿特对这场闹剧也看够了，直截了当地拿出了警官证。

看到证件的一瞬间，小警察松了一口气，倒把苏琳给看笑了。乔建霞看看阿特又看看苏琳——很显然，这俩是不会纵容她撒泼的。她下意识地往小警察身后躲了一下，似乎想离他们俩远点。

"都散了啊！散了。"阿特先环顾了一眼围观的人群，"这边没事儿了，没什么可看的。案子还在查，尽量少往现场这边过来，好吧，谢谢大家的配合。"

也许是他说得太和风细雨了，围观的人没走几个，甚至有几个人饶有兴味地背起手来，好像准备看看警察要干什么。阿特的脸拉下来一点，说："都散了！要是不小心破坏了什么线索，可是要承担法律责任的！"

一听要承担责任，大家立刻散开了，只有刚才被打的大叔还心有不甘，冲阿特问道："警察同志，这案子什么时候调查清楚啊？这小区死了人的事都传出去了，影响多不好啊，事情没弄清楚我们也害怕咧！再说这再耽搁几天说不准就到头七了，我能不能找高僧来做场法事驱驱邪啊？"

阿特看他一眼，说："警察自然会保护你们的合法权益，这都什么年代了，不许搞封建迷信啊。"

大叔忽然看了一眼乔建霞，嘴一撇，嘟嘟囔囔道："也是，冤有头债有主，人又不是我们杀的，要找也找别人去！"

说完似乎是怕乔建霞又不依不饶，迈开步子就跑了。

第二十九章
向日葵

人群逐渐散开，现场恢复平静。

阿特站到乔建霞面前，正色道："乔建霞是吧？我是市局刑侦支队的陈特，现在这个案子由我们负责，这是我同事苏琳。既然你回来了，有些情况想找你了解了解，方便的话跟我们聊聊吧。"

乔建霞来回瞅着他俩，不知道在想什么。过了会儿，又往院子里看了几眼，说："我可以跟你们走，但是我想进去看看，这是我家，我不放心。"

阿特想了下，同意了。

"只能看，不能动。什么东西都别碰别动。"

"行行行，我一定配合！"乔建霞喜出望外，没想到之前磨了半天也没成的事，阿特这里一下就同意了。于是很配合地根据阿特的要求戴好鞋套，小警察刚刚把警戒带提起来，她就

急急往屋里走。阿特和苏琳跟在后面。

为了方便进出，屋门以及屋里的所有门都处于开启状态。乔建霞进屋后脚步飞快地往次卧去，一走到门口就站定了，然后抚着胸口喘了口气。

阿特跟在后面，跳过她的背影看见了屋里的一套衣柜。

"这就是你那值钱的黄梨木家具？"

乔建霞哼了一声，进去里里外外看了个遍，确定衣柜没遭到破坏放下心来，然后才应阿特的话。

"你看着不起眼，这一套可是我的陪嫁，要不是我家里放不下我早就搬走了。"

说完又往别的屋走，目光四下逡巡。虽然其他物件没有这衣柜受重视，但也看得出她的挂心。苏琳跟在后面走着，眉头渐渐皱起，忍不住问："你就一点也不关心乔琳琳吗？"

从见面到现在都好一会儿了，也没见乔建霞提起过侄女一句，满心满眼都是屋里的东西。

似乎在她心里，一个活人的安全，还比不上这些家具。

"我关心啊！"乔建霞下意识地回了一嘴，说完才神情一顿，有些不自然地接下去，"谁说我不关心！我刚不还……不还为了她跟人打一架？你们又不是没看到。"

苏琳嗤笑一声。打架真是为了乔琳琳吗？显然不是啊！

不过她没再追问下去。只是冷眼看着乔建霞转了一整圈，确认家具都没事后，放下心来，这才把视线转向客厅，一眼看见地毯上已经变黑的血迹。

"哎哟，我的妈呀！"乔建霞吓得一个趔趄，差点没站稳，幸亏阿特在后面扶了她一把。

"要死了，要死了，这东西怎么还留着？我这房子还要不要啦！"

任谁看到那一大片的乌黑血迹，都能想象到当时的惨烈。乔建霞脸色发白，一边拍着胸口压惊，一边紧紧拽着阿特的胳膊，不肯往前走一步。

显然，屋里的场景超出了她的承受能力。

"这儿不能待，我要出去，我心脏受不了！"乔建霞一回头就往阿特身上靠，看着他的眼神可怜极了，"警察同志，你扶我出去好不好啦？这场面我真见不了，真是吓死人了！"

阿特还没说话，苏琳哼道："刚才您不是还吵吵着不管怎样都要进来看看吗？"

乔建霞连连摆手道："看过了看过了，我要出去，我得找救心丸去！"

"行啊。"阿特一边说着，一边顺势把她的胳膊递给了苏琳，"你们先出去等吧，我再看一下。"

"好。"

没等乔建霞反应过来，苏琳已经扶着她往外走了。乔建霞刚走两步，又忍不住回头看了一下沙发区域，打起精神说道："警察同志，你们一定要尽快破案啊，我家一直这样也不是办法啊，这不是招晦气吗！"

"行了，快走吧。"苏琳暗暗翻了个白眼，赶紧带着她离开现场。

阿特无奈笑笑。等两人离开后，他站在屋子中央，视线从

主卧那边扫过，一路移动到沙发区，在脑子里模拟着当晚事件发生的经过。

假设人是乔琳琳杀的——那整个流程都很好脑补。当天晚上她应该是在卧室休息，江民羽避开监控从院墙翻进来，再小心地破坏窗户，从院子里翻窗进主卧。

卧室的门没有破坏痕迹，是乔琳琳主动打开的。

也许是江民羽弄出了一点动静，惊醒了乔琳琳，她起身走到客厅查看，没想到和江民羽正好撞到一起。

于是江民羽开始实施他的施暴计划。

紧接着乔琳琳开始剧烈挣扎，也就是在这个过程，使用了水果刀捅了江民羽好几刀。

整个流程是顺的，现场残留的痕迹似乎也证明了这一点。但是……

阿特凝神盯着茶几。水果刀的刀鞘就是在茶几上发现的，这看起来符合乔琳琳顺手拿起水果刀的情景。但这不太符合房屋整体给人的感受。虽然是个陈旧的居所，但整间屋子被收拾得井井有条，甚至整齐得略有点过分。厨房里的碗筷摆放得相当规整，卧室里书桌上的书，按照类型和大小整齐叠放，这样的人，有多大可能会在使用完水果刀后就这么摆在茶几上？

而且茶几另一头的垃圾桶里，并没有新鲜水果剩余物——或其他任何使用过刀具切割的物品的残迹。

那么这把刀出现在这个位置，就显得有些古怪了。

另外还有身份尚未确定的第四个在场者。痕迹报告上指出，此人是从正门进来的，也就是说，要么他有钥匙，要么是乔琳琳给他开的门。进屋之后，其足迹散见于全屋，当然，也包括沙发周边的地毯上。那么他也有可能和江民羽有过接触，或许江民羽进来时，此人也在屋里——

阿特在脑子里模拟了几种情况，都觉得不太行得通。如果此人就在客厅或主卧，那么江民羽不太可能继续自己的计划，进而殒命于客厅中；如果此人当时在次卧……那么，他和乔琳琳在做什么？

一边想着，脚下已经走进了乔琳琳的房间。

第一眼看到的还是那幅醒目的《向日葵》，颜色鲜亮，耀眼夺目。

阿特不由自主地走上前去，仰头观赏。说实话，他不太懂画，也不知道上面这些笔触到底算不算厉害，对于画作表达的情绪、态度之类的东西，更是知之甚少。不过在看到签名时，他还是小小地愣了一下。

一个简单的"琳"字，日期标注是在1年前的夏天。

也就是说，这幅画是乔琳琳自己画的。

等等，她还在画画？他审视地盯着画，虽然看不懂技巧的高低，但至少能看得出运笔流畅，且没有太多生疏的痕迹。

他用手机把画拍了下来，然后转头看向书桌，眼神从摆好的书上一扫而过，却没有发现任何跟美术有关的书籍或工具。

嗯？他又抬头看了看那幅画，把这一点记在心里。

身后脚步声响起，苏琳从外面走进来。

阿特转身看她，问："乔建霞呢？"

"还没缓过来，让她在车里等着了。"

阿特点头，伸出手指着画的方向。

"你看这个。"

"梵高的《向日葵》，怎么了？"

苏琳的声音里有几分冷淡，但还是顺着阿特的所指凑近来仔细地看画，没等阿特提示，就已经看出了重点。

"是乔琳琳画的。"

"对，这画也才画了一年。可是根据郑哥的叙述，乔琳琳从跟薛家闹掰以后，就没有再画过画了。可如果不是长期的技术积累，你觉得能画出这种水平的作品吗？"

"你的意思是乔琳琳自从那件事发生以后，还是在坚持画画，只不过没有让别人知道？"

"这是我的一种猜测。我只是在想，喜欢阅读的人，会通过文字表达自我；喜欢音乐的人，会通过旋律表达自我；喜欢美术的人，自然是通过画画去表达自我。如果乔琳琳一直在坚持画画，那么从她过去的作品中，兴许能窥见她的内心一二。"

"你说得有道理。我们可以先从乔建霞这里突破，然后再走访一下学校，还有她打工的地方，看看能不能找到切入点。现在她失踪得越久，不仅案子越不好处理，对她自己的安全也越不利。"

一个刚成年的少女，在疑似杀人后失踪——苏琳忍不住担心她会走上绝路。

当然，这也是阿特的担忧。

卧室里陈设简单，扫一眼就把全部物品看全了。就连床底，第一天勘查的时候也没有放过。很显然这房子里没有放画具的角落。

"家里没有，是不是在外面报培训班？"阿特揣测道。

但马上就被苏琳质疑了。她说："美术班的报名费不会太低吧，她有这个经济实力吗？"

"要是乔建霞帮她报了呢？"

"乔建霞像那种人？"

苏琳的反问让阿特哑然。这确实可能啊。

"先聊聊吧。"他拍拍手走出了房间。

鉴于乔建霞一再声称自己被凶案现场刺激到了，因此心脏难受，不愿到处跑，阿特在小区附近找了一间茶室。这个地段本来就偏远，周围很多居民也已搬迁，茶室里冷冷清清，倒是个聊天的好环境。

他们在二楼要了一个包间，环境清幽雅致，从玻璃窗还能看到外面的景色。

服务员送上水单，阿特看了看，非常淡定地点了一壶最便宜的茶。

这时候，乔建霞渐渐平复下来，脸色缓和许多。

阿特不想浪费时间，直接开始询问："你上一次来看乔琳琳是什么时候？"

乔建霞沉默了一下，不情愿地开口道："两个月前，后来我家里店里事情也忙，来得没那么勤……"

"那你那时候有观察到乔琳琳有没有什么异常吗？"

"什么异常？"乔建霞瞪大眼睛问。

"语言、情绪、身体、动作等,哪方面都行,你觉得跟平时比,有没有不一样的地方？"

"这……"乔建霞想了想,神色有点逃避,"我没注意,时间太长了,我来一趟也就是看看她缺不缺什么东西,不缺的话我就走了。我自己生意和孩子都要忙,照顾一家子我也不容易,没注意到很正常,是不是？我又不是三头六臂,处处都能事无巨细。"

不过一句问话,乔建霞噼里啪啦说了一大串,句句都在为自己开脱。

可总结起来就一句话,她没发现异常。

阿特和苏琳当然听出来了,彼此交换了一个眼神。

"那乔琳琳每个月的生活费你怎么付,定时转账还是送过来给她？"

"现在手机支付那么容易,当然是转账啊。"

"乔琳琳有没有向你反映过钱不够的事？她在外面打工兼职的事你知道吗？"

乔建霞愣了一下,脸上闪过惊讶。

"这……我不清楚……"

苏琳哼了一声,语气有些讽刺地说:"你是乔琳琳的亲姑姑,不知道她经常打工吗？"

乔建霞脸上本来浮现了隐约的愧色,可一听苏琳这么说,瞬间就恢复泼辣模样。她说:"你也知道我是姑姑,又不是她亲妈。她亲妈都不要她了！这么多年不管不问的,还不是靠我养这么大？我也是倒了八辈子霉，摊上一个没用的哥哥，还要给他擦屁股养孩子！"

乔建霞越说越上头，愧疚早就一扫而空，只剩下愤恨。

"你们倒是上下嘴皮子一碰说得容易，要不然你们来试试？我自己还有家庭、孩子，有这么个哥哥已经够抬不起头来了，我还愿意替他养孩子就偷着乐吧！我要是不管，她现在连学都没得上！"

"好了好了。"阿特打断了她，不想听她继续啰唆下去。虽说这些都是实情吧，但亲人之间相处得如此冷淡，也着实让人有些看不下去。他有些无奈地挥挥手道："这些话以后再说，现在只说我们想知道的就行。乔琳琳最近一次联系你是什么时候？"

"联系？"乔建霞喝了一大口茶水，讥笑了一声，直接掏出手机调出聊天记录放在两人面前，"你们看看吧，什么叫狼心狗肺白眼儿狼。除了每次打生活费给我发个'收到，谢谢'，什么时候主动找我聊过天、说过话？"

阿特扫了一眼，果然只有转账信息，在已收款下面伴着一句"收到，谢谢"，屏幕滑动，看起来队列格外整齐，一个多余的字都没有。

"我早就看出来了，骨子里跟她妈一样，是个没心没肺的。一个家说扔就扔，自己生的女儿说不要就不要，就没见过这么狠心的！呸！"乔建霞咬着牙骂骂咧咧，多年的不满都显现出来，毫不遮掩，"她就是这个态度对我，我一个当长辈的，难道还要热脸去贴冷屁股吗？"

阿特沉默了一下，忽然提起旧事。他问："当年和薛家的事闹到最后不了了之，是乔琳琳撒谎了吗？"

这个问题问得猝不及防，乔建霞一开始没有反应过来，忽地愣住了。然后低下头，手指缓慢地来回转动着杯子，似乎陷在了回忆里。

"事情过去太久了，我也记不清了。"

"记不清了？"阿特不相信，"也就是发生在三年前，一点也不记得了？"

乔建霞扭过头，保养良好的面庞上露出了几道皱纹。

她慢慢开口道："我不知道。琳琳打小跟我也不亲，她是先报的警，警察来调查的时候我才知道这回事。我虽然嫌她麻烦，可到底跟我一样姓乔，这么大的事，该讨的公道还是要讨。"

"但你把事情闹那么大，就只是为了讨公道？"

"你什么意思？"乔建霞听懂了阿特的意思，气笑了，"你是觉得我别有用心是吗？我告诉你，我乔建霞不是什么好人，但也不至于那么下作！我干什么不闹大？你了解薛家那一家子人吗？仗着自己上过几年大学，平时都用鼻孔看人，张口闭口都是律师、官司，清高得不得了，这种事他们会认吗？薛家什么样，我又不是不知道，这事情要是不闹大，还能有个说法吗？"

第三十章
电话

苏琳忍不住打量了乔建霞一眼。

这个说法倒是和她所想的有些出入。刚刚见到了乔建霞对乔琳琳的去向漠不关心，实在让她对这个人的印象很差，所以对于这番话，她确实有点惊讶。不管出于何种立场，在那时候有个站在自己这一边的人，对乔琳琳来说多少也算是个安慰吧。

"那最后证明薛檀君猥亵的事不成立，乔琳琳没有跟你解释什么吗？比如她为什么要这么做？"

"谁知道呢？"乔建霞捧着茶杯，低头看着水面的茶叶沉浮，"这孩子从小性格就不好，阴沉沉的也不爱说话。医生说她有抑郁症，可能是自己胡思乱想吧。"

"乔琳琳很喜欢画画吗？"

"喜欢吧，她也没别的爱好，一天天的就跟着那个姓薛的画画，在家里别的事儿不干，画画倒是一画一整天。不过那事

儿以后，就没看她画了。薛家后来搬走了，那些笔啊，颜料啊，就没看她拿出来过。"

苏琳看了阿特一眼，示意自己的猜测是对的，乔建霞不可能拿钱出来让乔琳琳学画画。如果说乔琳琳还在坚持画画，那么钱就是她自己赚的，也许她打工就是为了赚学费。

阿特的眼神落在乔建霞手上硕大的戒指上，看得出来她生活富足，人也富态。

"方便问一下，你现在经营什么生意吗？"

"啊？"乔建霞没跟上阿特的思路，卡了一下方才反应过来，"跟我老公做建材生意，他在外面跑客户，我在家里看店。"

说起这个，似乎是对自家生意很满意，乔建霞脸上浮出一点笑意，带着些许傲劲儿。

"看你这身打扮，应该是经营有方，事业有成，家底不浅吧？"阿特的嘴角含着一丝笑。

乔建霞以为这是恭维，虚荣心得到满足，可刚有些得意又反应过来阿特的身份，神色收敛几分，谦虚说道："那倒也没，做生意都是有赔有赚，我们也就运气好点罢了。"

阿特的笑带着些许意味。他说："哦，运气好……那就是说，还是赚是吧？"

乔建霞似乎觉察出话里的试探，突然把钻石戒指挡住，显得有些谨慎起来，她说："都是看着光鲜，实际上吃的苦只有自己知道。"

这话说得留有空间，不过阿特也显得没太在意。

只是他停顿了一下，忽然问道："这些其实我不太关心，我只是想问，你们既然经济上没有问题，为什么没有把乔琳琳接去跟你一起住？我听郑警官说是因为学籍问题，但据我了解，你们新家那边的学校要转学籍，不是一件很难的事。"

乔建霞愣住了，没想到话题峰回路转，竟转到这上面来了。

"我……这，这可不是我的问题。"乔建霞明显慌了一下，"你要问就去问她自己，我当时可是说过带她一起搬走的，她不干，那我还能绑着她走吗？反正她跟我不亲，不想跟我们住也正常。"

乔建霞的说法听着没什么问题，阿特没继续问下去，乔建霞也松了口气。

没一会儿，她又主动开口道："警察同志，琳琳这孩子虽然从小话不多，我呢，也谈不上跟她多亲热，可说句心里话，外面传的那些不三不四的话，你们可千万不能信。我敢打包票，这孩子肯定没做那……"

说到这里她忽然停住，谨慎地环顾了四周一眼，虽然是在包厢里，但还是把音量降低了不少。

她比画了一个抹脖子的动作，往阿特和苏琳面前凑了过去。

"肯定没做那伤天害理的事。"

阿特看了她一眼，说："这个我们自然会查，你要真的想帮乔琳琳，就仔细想一想，她这时候能到哪儿去。要是有线索就提供给我们，越早找到她，这案子就越早能破。"

"那我这不是没线索吗，有的话我肯定跟你们说了。我知道这件事以后就给她电话，昨天到现在，一个都没通。"

……

半个小时过去，桌上的茶水也由热变凉。

茶叶经过充分的浸泡，彻底展开，沉入杯底。

阿特把最后一口茶水喝下，起身结账。

乔建霞确认没什么事就走了，走前还不死心，打听阿特什么时候能破案，又一再强调乔琳琳肯定不敢杀人。

苏琳看着她的背影，感慨道："她倒还挺有信心的。"

阿特笑道："这房子死过人，已经贬值了，要是房主再是凶手，那不彻底砸手里了吗？"

苏琳横了她一眼。"倒也不用说得这么冷血吧？跟乔琳琳没什么感情是真的，也确实不怎么为她考虑，不过人嘛……"她迟疑了一下，"正常人总会多多少少有点底线的，毕竟是自己侄女，真心不能说一点没有，就是不多而已。"

阿特看着她笑了笑。他倒并不反对苏琳的话，在任何时候对人性抱有期待，其实是一件很好的事。

苏琳沉默了一下，一声叹息划过唇间："我是真希望人不是乔琳琳杀的，小小年纪，本来就够可怜了，要是再背上案子，人生那么长，以后可怎么办？"

"一切靠证据说话。走吧，到底谁是凶手，查下去就知道了。"

刚说完，手机提示音响起来，是余烬发来的微信。

余烬写道：特哥，乔琳琳的手机通信记录查好了。

下面紧接着一串截图。

阳光照得屏幕有些晃眼。阿特往后退了两步，走到一家店铺下的阴凉地方。

查乔琳琳的通信记录稍微费了点周折，因为不知道她的手机号，只能凭借身份信息去运营商那里查，然后才能调取通信记录来看。其中有一条引起了阿特的注意。在案发当天的早上7点43分，有人给乔琳琳打过一个电话，通了，通话时长17秒。而这个号码的所属也被余烬查出来了，名字就标在号码后面：薛檀君。

这就很有意思了。

这个时间，江民羽已经死在乔琳琳家里，甚至疑似薛檀君的人极有可能就在现场。

江民羽的死亡时间已被判定为案发当日的凌晨2点到3点之间，而监控视频中乔琳琳离家的时间是4点12分，也就是说，无论乔琳琳是不是凶手，江民羽被杀时，她是在现场的。那么，在此之后她的深夜离家是为了什么？薛檀君又为什么大清早地给她打电话？

这些都还不清楚。

但至少有一点可以肯定，薛檀君应该是目前已知最后和乔琳琳联系过的人了，要想知道乔琳琳的下落，还得先找到薛檀君。

他收起手机，看了苏琳一眼。

"走吧，看来得去找薛檀君聊聊了。"

话音刚落，前面一道熟悉的人影从视线里闪过。

第三十一章

调查

阿特愣了一下，抬脚快步追上去。

"郑哥！"

一声呼喊让前面的人停住了脚步，正是郑志刚。

他从小卖部出来，手里拎着一瓶矿泉水。

"阿特？"老郑左右看看，"怎么，和乔建霞聊完了？"他笑了笑，这会儿又是那一脸的和善模样了。

"刚聊完。"阿特说着就叹了口气，"她这边暂时也没什么线索，还是联系不上乔琳琳。"

老郑也打起了精神，说："说到这个，我这也想着法子帮着查呢。这一天，我去她学校问了问，找了一趟老师、同学。但是呢，一是这种情况学校不让乱说，二是老师、同学也确实没什么线索，我就要来了几个乔琳琳常打工的店铺地址，这不正准备跟你们说嘛。"

老郑把几个地址发给了阿特，阿特看了一眼，奶茶店、超市、便利店都有。

"谢谢郑哥，我们安排人去跑。嗯……我这还有点事想问问你。"

"你说。"

"薛檀君这一家子，能再详细和我们聊聊吗？"

"薛檀君？"老郑皱了皱眉，垂着头仔细想了想才说，"这一家子，倒是那种很典型的斯文人。薛檀君吧，说话挺温和，慢条斯理的，逼急了就闷头不出声。他老婆赵琴芝要稍微强势一些，就是那种认规矩认条理，非要一样样给你理清楚的人，有时候脾气有点急，但还是能自己控制的。"他边想边说，说得挺慢，最后不知道想起了点什么，补了一句，"反正都比乔建霞好打交道。"

这话让阿特两人不由自主地心有同感。阿特赶紧收起脸上的笑意，问："他们是不是有个儿子叫薛川业？"

老郑顺着就说："是，跟乔琳琳差不多大小，好像略大那么一点吧，不多。据街坊邻居说，之前跟乔琳琳的关系还不错，俩孩子挺能玩到一起的。就是有一点，不像他爸那么喜欢艺术，这孩子爱体育，爱闹腾，一看画画就头疼。这也是薛檀君愿意免费教乔琳琳画画的原因，看她有天分，惜才。"

他回忆了一下，又继续说道："那时候事情闹出来，我去了解情况的时候，薛家那小子还找乔琳琳吵了一架，被我撞上了，那小子气势汹汹，乔琳琳都哭了，我还说了他几句。"

阿特问："他们搬走后还回来过吗？有没有人提到跟他还

有联系？"

"回……还是回来过的，有一回我还碰上了，说回来看看老房子。我问了几句，他也没多说就走了。"

"就他一个人？"

"对，就他自己。还是蔫蔫的样子，看着不精神。"

"这大概是什么时候的事？"

"那有点早了。去年年底还是今年年初？反正是冬天。"

阿特边听边在心里盘算。心思转了一下，又问道："乔琳琳在学校遭遇过网暴的事，你知道吗？"

"这……"老郑犹豫了一下，"这还真不知道，没人报案，我们也不好查。我后来遇着乔琳琳问过两回，她什么都不说，见着我就跑。但你要说一点没有，那也不可能。连街坊邻居都那么说她，那学校的同学、朋友能不冲她说点什么？这个年纪的小孩，又正是冲动热血的时候。"

说到这个，老郑面上有些无奈。

和老郑分别后，阿特联系刘天明，让他和郭子敬想办法去走访乔琳琳打工的那几家店铺，以及再跑一趟学校，了解下关于薛川业的事。顺便把余烬叫了出来。

"我们干吗去？"坐在车上，苏琳问。

"接上余烬后，我们去找薛檀君问问。"

"也是。这么久了，该轮到他了。"苏琳的语气有点幽幽的。阿特侧头看了她一下。

"我怎么觉得你这口气不对劲呀？"

"有吗？"苏琳下意识地回避了一下，过了好一会儿才重重地叹了口气，"是我不对，算是有点成见在先吧。不过办案讲实证，我知道。我会控制好的。"

这反而把阿特说迷糊了。

"怎么个意思？说明白点。"

苏琳皱了皱眉。

她深吸一口气才说："师父的……案子，你了解多少？"

一听苏琳提到师父赵维义，阿特心里狠狠地惊了一下。但他面上不显，只是神色略有些凝重。

"不多，知道一些。"

他尽量说得平淡。

而苏琳脸上则带了几分冷然。

"死的那个女的，林旭芳，就是薛檀君的学生。"

余烬刚上车就通报了一个新消息。

"莫子今的不在场证明有结果了。案发当天凌晨2点到3点，也就是江民羽死亡的大致时间段内，莫子今确实在网吧里打游戏。他是 VIP 会员，老板对他有印象。虽然监控视频不完整，后门处没有有效监控，但当天老板的儿子回来了，所以老板没有守在门口值机，而是被凑不齐队伍的莫子今叫去打了几把——就坐在他旁边。所以莫子今不具备作案时间。根据监控，他离开网吧的时间是 4 点 38 分，符合他到达现场是在 5 点多的说法。莫子今可以排除嫌疑人身份。"

阿特"嗯"了一声。这个结果不在意料之外，莫子今是凶手的可能性本来就不高。

"另外也排查了一下莫子今周边人员，尤其是和江民羽有重叠的部分，说法基本上和莫子今说的一致。两人属于狐朋狗友一类，没有明确的恩怨，从动机上来说相对清白。"余烬补充道。

"嗯……"阿特迟疑了一下，"也不能完全不考虑他，就算不是直接的行凶者，他在这个案子里的具体参与度也还要再弄弄清楚。只是优先级稍微放后面一点。"

"好。"余烬在手机上记录了下来。

一时间，车里安静得只有发动机的轰鸣声。阿特在这轰响的噪音中清理头脑。苏琳之前提到的消息，像投入池中的小石子一般在他的思绪里搅起波澜，让他久久不能平静。怎么还扯上师父的案子了呢？

想起赵维义案的悬而未决，难道这个薛檀君还有更深的背景？

这次的案子，会不会成为推动赵维义案的突破口？

他有些激动。虽然还能按捺住自己，将心思放在眼前的案子上，但一下看到的希望仍让他心荡神驰。

但是这份安静很快被打破了。

余烬突然高叫一声："特哥！"

没等坐在副驾驶位置的苏琳转过头来，他就接着说："陶姐发来消息，乔琳琳出现了！"

嗯？！

第三十二章
波折

陶美娟那边发来了一张照片。

照片的主角是两个牵着手在一棵大树前留影的女生，两边有几个路人或站或坐。而在最左侧的正是乔琳琳，她正好侧过半张脸，被人脸识别系统一下捕捉。

照片中她紧紧地抿着嘴唇，神色阴郁。

阿特已经把车靠路边停下。

"这照片哪儿来的？"他在群里问。

"有人在后台投稿。"陶美娟答。

"嗯？"

账号后台现在一片繁忙。网络的热议已经锁定乔琳琳就是凶手了，伴随她的讨论继续发酵，她的各种私人信息在网上全面曝光——警方一直在全力封堵。

在"警察阿特"视频账号下的讨论虽能比其他平台强点，

但也有限。还有很多原本不是粉丝的人，听说"警察阿特"账号互动良好，反馈有效且鼓励公众提供信息，便纷纷涌进来，"热心地"要为尚不知"凶手"身在何方的警方提供线索。各种带有疑似乔琳琳身影的视频、照片层出不穷。陶美娟忙得要死，既要劝阻大家不要随意传播别人私人信息，又要引导情绪冷静不要干扰破案，但同时也会在这些信息中查找乔琳琳的身影——万一呢？

没想到还真有发现。

"这张照片是什么时候拍的？投稿人有说是在哪儿拍的了吗？"

"说是今天上午拍的，在郊园那边。"

郊园……看到这个地点，阿特皱了皱眉。那地方挺偏，倒是离余烬之前在的湖里社区比较近，现在赶过去的话，怕是要天黑了。

怎么办？乔琳琳的动向急切需要掌握，而这边的薛檀君也必须尽快接触和询问……他看看苏琳，又看看余烬……分头？

想到就做。"这样，余烬，还是辛苦你一趟。你联系一下湖里那边的邹师傅，请他帮忙配合，你们到周边查看一下，也问问人，找找乔琳琳可能在哪儿。我和苏琳还是去找薛檀君。"

余烬点点头就下了车。这头阿特也不再犹豫，直接往薛家开去。

到达薛家楼下的时候已经过晚7点，正是夕阳斜坐、漫天金光的时候。居民楼里飘出阵阵饭菜香。这时候两人才想起一整天都没好好吃饭了，都是对付过去的，现在被这香味一激，整个肠胃都开始耐不住地叫嚣起来。

两人相视苦笑。正好薛家所在的3号楼对面就有一家住户自己经营的小面馆，借着一楼外连带的一点空间，再占了半溜过道摆着两张桌子条凳。阿特和苏琳坐下来各要了一碗面，一边吃，一边瞄着对面楼的人员进出。倒也不指望盯住谁，只是以防个万一。

匆匆吃完就上了楼。3号楼2单元1103，阿特敲响了房门。敲的时候他还在想，都这时候了，薛家也该吃完晚饭了吧？

没想到开门后的屋里，没有一丝餐食残余的热腾气。开门的是个高高壮壮的大小子，一双浓眉挑起，说："你们找我爸什么事？他不在。"

这正是薛川业。敲门的时候阿特问了句"薛老师在吗"，估计被他当成了他爸培训班的学生或学生家长。但阿特挂心的是薛檀君不在家这件事。难道是跑了？

"薛老师不在啊？我确实找他有点事，能问下他去哪儿了吗？大概什么时候回来？"

一边说着，他的视线往屋里一扫，似乎赵琴芝也不在——丢下儿子一起跑？似乎又不太像。

薛川业挠挠头说："我爸体检去了，住一晚上。有什么事儿我跟他说。"

"哦。其实也不止找他，找你也行。"在薛川业一脸的迷茫中，阿特掏出证件展示在对方眼前，"市刑侦支队，陈特。关于发生在乔琳琳家的命案，找你们了解点情况。"

　　一听这个名字，薛川业就变了颜色，语气立刻生硬起来。他说："我什么都不知道，她的事跟我，跟我们家都没关系。"

　　这少年的倔气逗得阿特一笑。"也不能说完全没关系，对吧？我记得住那附近有个叫万老二的……"

　　话没说完就看薛川业的腮帮子鼓了起来。阿特暗自好笑。果然还是少年人，沉不住气。

　　薛川业的呼吸变得急促了些，双眼紧紧地盯着阿特。阿特也看着他。

　　"说说吧，怎么想的？"他往门框上一靠，做出准备长谈的样子。

　　"有什么想的？不就是把她做过的事儿说一下吗？她既然做，我就帮她广而告之啊，有什么不对？让大家都知道知道她是个什么样的人，有什么不对？"

　　他的声音越说越大，恰好斜对面的房门打开，一个中年妇女提着垃圾袋走出来，听到他的声音疑惑地问："怎么了，小薛？"

　　"没事儿张阿姨，不好意思。"

　　薛川业的脸涨得红红的。阿特歉意地对中年妇女点点头，转过来轻轻推了薛川业一下，说："我们进去说吧，别打搅到别人。"

　　三人进了屋，阿特稍微扫了一眼屋里的景象，又问："你很恨乔琳琳？"

　　"恨？当然！怎么不恨！"本来稍稍平复了情绪的少年又激动起来，"我们怎么对她的？我爸免费教她画画，倾注那么多心血；我妈待她跟亲女儿似的。她怎么对我们的？要不是她，我们家不会遭受那么多非议，我爸也不会自杀，到现在都还要一直接受心理治疗！她毁了我们家，我凭什么不能恨她！"

薛川业大口大口地喘气，阿特和苏琳都没有说话，让他自己平复情绪。

就这么坐了一会儿，薛川业稍微缓过来一些，只是视线仍直直盯在阿特身上，仿佛在透过他去向那个他厌恶的人发泄情绪。但是，阿特也好，苏琳也罢，两个人的表情都平和淡然，略带着一丝成年人的包容和体恤，又让他稍稍为自己的失态感到不好意思。

薛川业轻吸了口气，再度开口道："那件事对我爸的打击很大，他抢救回来后，情绪就一直不稳定，这几年一直在接受心理治疗。而且……他也不画画了。"

阿特有些意外地问："不画了？"

"嗯……"薛川业的目光望向客厅墙上挂着的一幅风景画，"从那件事以后，我爸就再没有画出一幅他满意的作品了，所有的画画到一半就撕了，就算偶尔有完成的，也是没两天就销毁了。他对自己的作品总是不满意。后来，慢慢地……就不画了。"

薛川业的眼神里有不解，有惋惜，还有一丝丝的心疼。

阿特忽然读懂了他的心情。薛川业是不喜欢画画，但绝不代表他不崇拜会画画的薛檀君。

也许正是因为看到了薛檀君对乔琳琳的欣赏，才更无法接受乔琳琳的背叛，无法接受薛檀君因此变成一个无法拿起画笔继续创作的人。

尤其，薛檀君还试图为此放弃生命。

他深深地叹了一口气，说："是，你们也不容易啊。"说完看着薛川业，他正处于情绪发泄出来后的松软劲儿中，阿特忽然又问："那你去和万传林交易，是谁指使的？你爸还是你妈？"

薛川业一下子抬起头。

"你当时还未成年……"

"就是我！"薛川业打断了阿特的话，直直望向他，眼神凶狠，"我干的，跟他们谁都没关系！"

"你干的？"阿特仿佛确认一样再问了一声。

"我干的！怎么了？！"

阿特向下压压手，神情肃然地说："那你知不知道，要挟恐吓别人是违法的？"

少年人的嘴唇登时一抖，说："我……我……"

若要说传播流言的事，他有底气跟阿特顶，但说到拿万老二的隐私去要挟他就不然了。一被阿特点明，他顿时有些泄气。

"念在你没有造成什么恶劣后果，也不威胁谁的人身安全，情节轻微，当时又未成年，今天在这里只是对你进行批评教育，但也希望你好好把这件事记在心里。恩怨归恩怨，什么事能做，什么事不能做，心里要有谱。"

"嗯……"薛川业像打蔫的茄子般垂着头。

这时苏琳突然插嘴道："前天晚上你在哪儿，在干什么？"

薛川业还在闷闷的情绪里，顺嘴就说："在家里。我最近要参加比赛，一直在网上找题目练习。"

"哦，那有谁能证明吗？"

"当然。我爸，我妈。还有我的电脑，实时记录呢。"

说到这儿他突然醒过神来，说："你们怀疑那人是我杀的？"他瞪着苏琳，声调又陡然提高，"我怎么可能干得出那种事？我怎么可能跑到她家去？我都不知道那人是谁，我杀他干什么？我，我……"

"冷静。"阿特按住他的肩膀，"警察办案，你们有那么明显的恩怨，肯定得问一问的。但既然你能证明，那就不用太紧张。我们公事公办，总要走个程序。"

薛川业气哼哼地把头别开。

"行了，我们也没什么事了，先告辞。"阿特站了起来，苏琳愣了一下，但还是配合地跟着站起来。只是临要出门，阿特又转过头来问："你爸爸身体怎么……要住院呢？"

薛川业白了他一眼，说："有的项目住院才能报医保，大警察不知道？"

"哦。"阿特点点头，甩下一句"走了"就出门了。苏琳也出来之后，听到身后重重的一记关门声。

"我们就这么走了？"苏琳疑惑道。薛檀君问题很大，怎么能无功而返呢？

此时阿特却在盯着电梯里的摄像头。

"也不好逼得太紧啊，我怕打草惊蛇。还是先去找物业，盯住了再说吧。"

第三十三章

惊变

回到 101 的时候，天已经完全黑透了。

一进门就看见余烬正伏在办公桌前大口地吞泡面，阿特走过去，在这个折腾得够呛的小老弟背上拍了拍，以示抚慰。

可怜的余烬。

因为一张图而远赴郊区，结果都快要到了，陶美娟突然在群里说，那张图是假的。

当时她忙得忘了将图片和视频拖进软件进行真伪识别，在人脸识别系统识别出乔琳琳的时候，只是自己扫了一眼就发在群里了，过后才想起漏了一个步骤。没想到担心的事情果然发生，那张图被判定为经后期处理过，是有人将乔琳琳的照片抠出来，放进了这张图里。

余烬被赶紧叫了回来。

顺理成章地，这边马上对投稿人进行了调查。但事情已经过去了一段时间，对方似乎没有继续进行网络活动，一时间摸不到位置。阿特决定先回办公室大家碰个头，然后休息一下，养精蓄锐再说。

陶美娟正一脸愧疚地往余烬的泡面里扔切成小段的火腿肠，扔完又开始剥鸡蛋。阿特路过，她把脖子一缩，不停地念叨："我错了，我真的错了……"

逗得阿特一笑。拍了下她的脑袋，说了句"下次注意"。

但他还不能歇下来。他和苏琳后来找到小区物业，调取了小区内各种监控，现在得赶紧过一遍。虽然物业经理说他们的监控只保留 48 小时，但对阿特他们来说，这也够了。

郭子敬和刘天明分头干。没多久郭子敬就找到薛檀君离开的画面，时间是早上 6 点 21 分。

"这……特哥，那他完全没有作案时间啊！"郭子敬惊叫。

这个时间，江民羽早死了，乔琳琳早走了，薛檀君就算到过现场，其关联性也要往后排了。

"别急。"阿特按住郭子敬的肩膀，"再往前倒倒，清理出一个时间链条来。还有，一会儿你这边看完后，再找找景阳（乔琳琳所住小区）那边的监控，之前咱们没注意，但里面说不定记录了薛檀君是什么时候来的。"

其实阿特心里也确实降低了对薛檀君的嫌疑。这个时间确实太晚了，而且根据目前所了解的对薛檀君的描述建立起来的人物形象，也不太支持这种可能性。但也只是降低，而不是放弃。人是很复杂的生物，在大多数人面前展示的样子，也未必是真实的样子。谁知道薛檀君有没有令人意外的另一面呢？

一切以证据说话。在掌握切实可靠的证据前，警察就得怀疑，不能放过任何一个可能。

之后的清查发现，在于案发当日早上6点多离开之前，薛檀君并无进出小区的记录，而后于上午11点26分返回。当天下午14点10分再次离开，16点37分返回。次日——也就是今天，于上午9点08分离开后，于10点51分返回，直至13点35分与妻子赵琴芝一同离开。

但这只是明确被拍到的记录。阿特之前特意问过物业，也在小区里实际踩过一圈，知道小区除了明确有监控的1号门（正门）和2号门外，还有一个因公交线路调整而近期新增的3号门，那边没有监控，但有值守人员，只是值守人员表示没有看到过薛老师从此门进出——"他住3号楼呢。3号楼离1号门那么近，离这边多远？不会走到这边来的！"

但这个判断是不保准的。虽然值守人员信誓旦旦地说："你要是大白天说，那我可能记不得。但要大晚上的，又没几个人走，那谁出去谁进来我还不知道？我又没打瞌睡！"

而在乔琳琳所在小区的监控里则发现，在当天早上7点17分，确实拍到了薛檀君进入小区的画面。这个时间，与他6点21分离开住家前往乔琳琳处是对得上的，并且他在26分钟后离开该小区，并边走边在打电话——和乔琳琳的通信记录上的时间也对上了。

总而言之，现在只能证实薛檀君在案发当天早上6点多离开家赶到乔琳琳的住所，并不能确认他是否通过其他途径在案发时间段内到过现场。如果没有的话，那他在这个案件中的嫌疑就很低了；但如果有的话，则会带来更多的问题。

如何找到他确切的行动轨迹？

他又为什么在离开后重新返回？

乔琳琳到底去了哪儿，她又知道些什么？

想着这些，阿特脑壳疼。

"打车记录。"

背后传来余烬的声音。阿特扭头一看，余烬脸上印着红红的压印，正在揉眼睛。

"你怎么醒了？吵到你了？"阿特问。

现在是 23 点 57 分。22 点的时候，阿特就把苏琳和陶美娟赶回家去了，余烬说自己再坐坐，结果不知道什么时候趴办公桌上睡了。23 点的时候又让郭子敬也回去了，就阿特和刘天明两人守着弄监控。

"没有。"余烬顺嘴一答，眼睛还蒙眬着，也没看阿特，"薛檀君只能打车。"

说完就起身，说了句"我去洗把脸"就往外走。

阿特也明白过来。据了解，薛檀君没有驾照，也不会开车，他们家的车都是赵琴芝在开。既然是他自己单独出门，且时间又早到公交车尚未运行，那么他只有打车一条路可选。不过……要查这个，至少得等各打车平台的工作人员上班后才行了。

他下意识地拿起手机看了眼时间。

就在数字变成 00:00 的那一瞬，他的视频平台 App 右上角的红色数字，由 279 变成了 280。

大半夜还有这么多人在活跃啊——他正想着，突然数字开始急速地往上涨，几个呼吸之间就到了337。

怎么回事？他赶紧点开，发现有无数人在提醒他。而顺着他们的指路，在某大型网络社交平台上，他看到了一段文字：阿特，这个眼熟吗？

下面跟着一段视频。

视频里一个满脸青淤的女人面带惊恐和绝望地在对着镜头说话，只是没有声音，不知道她在说什么。她身后人影晃动，隐约能辨出一个人正在对别的人使用暴力。没多会儿，那个使用暴力的男人朝女人这边冲了过来，女人回头看了一眼，突然身形猛地一歪，跌出了画面，男人也在画面里一晃而过，朝女人跌出的方向冲去。紧接着画面一切，换成了从远处拍摄的监控镜头，只见一个穿着和刚才的女人一模一样的人影从高楼上坠落，直直砸落在地上，不动了。一个男人从她原本所在的地方探出身来看了一眼，又迅速地缩了回去。

画面再次切回来，定格在了男人一晃而过时的那张脸上。

那是他和苏琳的师父，赵维义的脸。

阿特瞬间觉得全身的血冲上了头顶。

第三十四章
恨意

"找，发帖者的位置。"

阿特说。他还没发现自己的声音变得又沉又硬。

刘天明二话没说，拿着阿特的手机仔细看了看，就回电脑上开始敲。刚才阿特放视频的时候他也凑过来看，并看到阿特的脸色越来越难看。虽然他不知道赵维义和阿特的关系，但对当初闹得满城风雨的赵维义案也是有印象的。

这段视频当年就曾在网上掀起风浪，现在又被放出来，简直是对警方的挑衅。

阿特后退几步，坐在了自己的办公位上。这时候他才发现自己心脏跳得快极了，拿起杯子喝水的时候，手也在轻微地抖。

师父的事，真的是他心里的一个结。现在，这个结被人触动，被人玩弄，直接点爆了阿特潜藏两年的怒火。

不管是什么人出于什么原因放出这段视频，他一定会查个水落石出，该问罪的一个都不会放过！

余烬擦着脸上的水珠走进来，看到阿特一脸紧绷，旁边刘天明忙得很，他凑过去，发现是在追踪一个 IP。他也没多话，悄悄拿手指碰了碰刘天明的胳膊，冲他抬了下眉毛。刘天明明白，在自己的手机上调出那条帖子，让他自己看。

等他看完，这边刘天明也查到了发帖人的地址——居然是在外地！

同省的另一市，所以刚才看到显示发帖人 IP 地址的时候没反应过来。

刘天明有点犹豫了，转头看看阿特，却没有说话。阿特盯着他问："怎么了？"

"特哥，是在楚门市。"

阿特僵了一下，下意识地念了一句"楚门"，皱着眉头，似乎在计算两地的距离。

余烬又插嘴道："和江民羽案的关系？"

阿特侧头看着他。过了两秒才反应过来，说："你以为我要过去？"

余烬不作声了。刘天明看看余烬又看看阿特，不说话。

阿特哼了一声。

"我没那么傻，听是风就是雨的。目前的重心是查案，除非确定这件事和当前的案子有关联，不然只会先把它放在一边。但是……不查是不可能的，既然要确认它和案子的关联，那总也得先查了才知道。"

余烬不再说话。阿特挠挠头，抓起手机开始打电话。刚才那些话，与其说是说给余烬和刘天明听的，不如说是他在借说话舒缓情绪，平复心情——不过，余烬这小子，真以为我那么分不清轻重？哼！

他直接把电话打到了发帖人所在地的派出所，把情况给值班的人说清楚了。对方连连答应会去找人了解情况，还把阿特一顿夸，说他的账号经营得好，这边的领导还专门开会要求他们学习。

一番话倒把阿特说得不好意思了。

放下电话，他也去洗了把脸。

冷静一点后回来，先把刘天明赶回家去，自己接着坐在电脑前，开始回复账号后台粉丝们的追问。

这一点，既好做又不好做。

回复整个案件警方正在查办中——就可以了；但不好做之处也正在于此，阿特很纠结，到底要不要这么去说。

毕竟这个说法当初就没收到好的效果。很多人先入为主地认为，这是警察部门在为自己的同事打马虎眼，不敢直面警察队伍中存在的恶人和恶行。而最后警方对整件事没能拿出一个说得过去的解释，这引起了很多人的不满。

想来想去，他决定还是用自己的话重新把这个结论说一遍。有时候话中不中听确实取决于如何去说，阿特觉得，自己还是能让人感受到真诚和用心的吧。

但到底会有什么样的效果，他心里也不完全有底。

走一步，看一步。

天刚擦亮，陶美娟就来了。

刚进门她就叫："天哪，你俩不会干了一晚上吧？"

阿特正掀开外套从办公桌前立起身子，余烬则端端正正地坐着摆弄电脑。陶美娟把手里的早餐往桌上一放，旋即转身出门，说："我给你俩买咖啡去！"

"不用……不……"阿特刚想喊住她，人已经走了好远，只好罢休。

这姑娘，是有点冒冒失失的。

没一会儿苏琳也来了。

阿特见她一言不发，不跟平常那样主动打招呼，就知道她大概已经知道了半夜发生的事。虽然在阿特的安抚和引导下，很多人接受了他的说法，控制了传播的范围；但她还是看到了。既然身在天眼组，那肯定都养成了时不时瞄一眼后台的习惯，而且再怎么控制传播也不可能真的限制言论，所以也不可能真的避过苏琳。

他站起来，刚想打招呼，苏琳却把视线挪开了。

呃……有点尴尬。

他凑过去。"休……休息得怎么样？"

苏琳看看他，点点头。

……我问的是情况，不是是否。

算了，苏琳这样，摆明了是挂上了"暂时不想交流"的牌子。他也不强求，先去洗漱整理。

回来后，人都到齐了。阿特看着还没大亮的天，心里涌起一丝感动。陶美娟不但买了咖啡，也给他俩买了早餐。几个人凑在一起，一边呼噜呼噜地吃，一边听阿特说最新的情况。

他先通报了通过监控整理出来的薛檀君时间线和他们的想法，然后是半夜发生的事，以及——"楚门那边回消息了，说发帖人是付费代发，已经被及时制止，现在那边正在向上追查发送链，应该很快就有消息。"

说完这个，他把工作安排了一下："美娟还是盯着网上，不止咱们的后台，也要看看整个网络的舆论——当然，这事我会找陆队汇报，舆论引导得有个整体安排。我们仨还是按计划去找薛檀君。天明和子敬，你们看好时间，尽早理清他打车的行动线，有任何进展随时通知，以方便我们这边的行动。"

"是。""好。""嗯！"

几人一一答应下来。

第三十五章

挑衅

阿特他们跟着赵琴芝的车到了千江市第二人民医院，很顺利地找到了病房里的薛檀君。

苏琳抬脚就往里走。阿特拉了她一下，她回过头说了今天的头一句话："赶时间。"

……赶着弄完这边去查视频的事儿是吗？阿特不由得气势一沮，松开了手。

三个人齐齐走到薛檀君的病床前。

但正要开口的苏琳顿住了。赵琴芝在哭。这个收拾得精致干净的中年女人，转过来的脸上两道泪痕清晰明显，眼睛也红红的。怎么了？

赵琴芝迅速地抹掉了泪。她问道："你们有什么事？"

阿特往前一步，说："请问是薛檀君薛老师吧？"

病床上的薛檀君点点头道："我是。"

这是个清瘦的中年人，戴着一副玳瑁色的眼镜，发际线很高，露出一个光亮的大额头，衬得两颊更显凹陷。放在被子外的两只胳膊，细瘦而青筋暴起，手指纤长。

确实像个文弱书生的样子。

阿特犹豫了一下，但还是很直接地问："我们有些事想找您了解一下，您看现在，方便吗？"

"不是太方便。"薛檀君还没有说话，赵琴芝先拦了一下，"您也看到了，这里是医院，治病、休息要紧。有什么事等我们回家再问，可以吗？"

"嗯……也是，也是。冒昧了。"阿特说着，三个人就告辞出来。不过他们并没离开医院，一个负责盯着病房，另两个去找了医生。直到这时候他们才发现，这一片是肿瘤中心的病房。阿特心里突然升起不好的预感。

而医生的话也证明了这一点。多形型横纹肌肉瘤，进程快，预后差。薛檀君不是来做常规体检的，而是来监测身上的肿瘤情况——本来应该尽快手术去除，但他的肿瘤太靠近大动脉，比较危险，因此医生还在谨慎观察，并不断根据他的身体情况调整手术方案。

但这也是要抢时间的。如果不尽快手术，它会飞快地向身体其他部位转移，迅速耗尽人体生命力。

——阿特突然想起乔琳琳家中那个奇怪的第四人脚印。当时就觉得很奇怪，怎么根据脚印推算出来的体重那么轻，但现在越发能肯定那就是薛檀君留下的了。监控已经证明他到过小区，而他的病势则解释了脚印的奇怪之处。

要尽快。

如果一个人的生命即将走到尽头，他会不会因此对曾经给他造成过巨大伤害的人实施报复行为？乔琳琳，到底在哪儿？她是否还活着？

他们终于等到了赵琴芝离开病房。苏琳立刻跟上，想办法制造一个偶遇，既拖延一点时间，也争取从赵琴芝处了解一些情况，以同薛檀君的说法对照。

阿特和余烬则再次走进了薛檀君的病房。

一看到他俩，薛檀君就笑了。

"两位其实是警察吧？"

他的声音中带着点虚，语气很软和，但阿特一点也没放下警惕。

"对。看来您对我们的来意很清楚。"

薛檀君叹了口气。"是该来的。倒是比我想的晚了一点。"

咳。阿特尴尬地摸了摸鼻子，但没接话，只是示意他说下去。

"我其实不认识那孩子。但是，那天看到他要对琳琳动粗，我没忍住……"薛檀君说得轻言细语，但听到这话的阿特眼睛眯了一眯，"你们要找的话，刀被我扔在半月河里了，就从我们小区对面上游一点的地方扔的，也不知道还在不在。"

余烬在后面啪啪打字。凶器有着落了，这是必须马上确认的，得赶紧让刘天明和郭子敬抽一个人出来，请派出所同事帮忙，去相应的地方看看。

阿特则盯着薛檀君问："乔琳琳呢，她在哪儿？"

听到这个，薛檀君沉默了好一会儿。阿特倒是极有耐心地等着，甚至有闲暇把刘天明刚发来的信息仔细看了一遍。

"她在……"就在阿特开始分心估算苏琳能把赵琴芝留多长时间的时候，薛檀君终于开口了，"她在我的培训教室，我的办公室。"

阿特对照着手机里的信息，点点头。

"为什么？"

"嗯？呵。她说，要去举报小业威胁万传林的事，要让他进局子。我不能让她闹出来呀，只好先把她关起来了。"

阿特再次点点头，但随即又摇了摇。

"薛老师啊……"他笑了笑，"为什么你认为我会相信这番话呢？拘禁一个人，可比搞点要挟什么的，严重多了。

阿特接着说："事实上你也拦不住我们知道小薛做的那些事，无论乔琳琳举报与否。你的这番话，动机基本不成立。还有，你说是你杀了江民羽……哦，就是那个死在乔琳琳家的男孩，那么请问，你具体的作案流程是怎么样的？也不用太详细，你就先告诉我一个时间吧，你在几点几分到了乔琳琳家，那时候江民羽到了吗？"

薛檀君面色不改地说："时间我记不准确了，就记得很早，天还黑着。我到的时候江……（阿特补充，'民羽'）江民羽已经到了。"

"他在干什么？"

"他在……纠缠琳琳。"

"所以你就冲过去杀了他？"

薛檀君的脸上闪过一丝嫌恶，但很快就敛住了。他回答道："对。"

"你具体怎么做的？"

薛檀君看了阿特一眼，说："我，我喊他停下，他不听，还越来越凶。我就想，不能任他这样下去。桌子……茶几上有一把刀，我把刀拿起来，我说'你再不放手我要动刀子了'，他不理我，以为我不敢。我也是……有些上头，冲动了，冲上去捅在他肚子上，接连好几下，但他没死，叫着要抓我们，我慌乱中就一刀，一刀割了他的脖子。"

这时余烬在旁边拿起了薛檀君的手机。薛檀君略显紧张地看了一眼，没说什么就收回了视线。

阿特暗叹。这薛檀君说的，基本没有哪条能和现场痕迹对得上，他怎么就觉得，他怎么说，警方就怎么信呢？

但他没有挑明。只是继续问："然后呢？"

薛檀君轻微地皱了一下眉头，说："然后……然后，我们都吓住了。琳琳要跑，我就，我就抓住她不让跑。我不想让她报警……"他突然瞄了阿特一眼，"她骂我，说我是屠夫，是魔鬼，说小业买通万传林传她的闲话，说我们一家子都虚伪，要让我们一家子都被关起来。护子心切嘛，我做错了事，也不能让她伤害小业啊，我就，把她带走，抓走。反正我的培训教室也不开课了，就把她关在那儿，关在那儿。"

呵，还会给之前的说法找补了。阿特半垂着头，一时没有说话。

这时候他的电话突然响了。他拿起来一看，居然是陆队打来的。

走出来的时候迎面碰到了赵琴芝。

她有点气冲冲的，走得很快，而且显然认出了阿特和余烬，一副当即就要找他俩理论的样子。但阿特赶时间，两人迈着大步就从她身边擦过，对她那声"站住！"一点反应都没有。

阿特只是边走边跟余烬交代："……你把这些东西都整理一下，关键点清楚就行，其他不用太详细，发过去他们交给陆队后，陆队知道安排的。"

余烬点点头。两人从楼梯飞速下楼，苏琳已经等在一楼大厅了。阿特拍拍余烬的肩膀，跟苏琳两人直奔停车场，余烬则留下来，协调剩余的事情。

陆忠明在电话里说了一件事：有人在城东励华路原化工厂的位置发现了疑似尸体的东西。110和天眼工作室同时接到了报案，但过了半个小时左右，网络上突然出现一篇帖子，帖子上不但有高度疑似现场的照片，还有一句话：阿特，你行吗？

与半夜那条视频帖如出一辙。

而且也相当明确了，幕后之人就是在挑衅阿特，挑衅警方。

毕竟在千江市，"阿特"很多时候代表的不仅仅是他陈特这个具体的人，而是所有头顶警徽，守护在社会秩序第一线的人民警察。

这已经严重触犯了警察的底线。

陆忠明实话实说，这案子不是非阿特他们不可，毕竟他们也挺忙的。是报案人强烈要求由阿特他们来处理，并声称此案

和江民羽被杀案一定存在关联。这话引起了阿特的好奇。陆忠明告诉他，报案人叫陈学钢。

那个"老粉"！

第三十六章
信任

　　阿特立马行动起来。他和苏琳赶往现场，余烬则把所有已知材料汇总后提交，再由陆忠明协调安排人手配合：到薛檀君培训教室找到乔琳琳；到半月河捞出凶器；与院方协调监控薛檀君的动向，在保证其救治进程的前提下限制其自由。

　　除了留守盯着网络的陶美娟，天眼工作室的所有人都撤出去了。

　　花了一个多小时赶到现场。这里在很多年前是个大型的化工厂，但这个厂之前因为效益不好的关系，已经停工很久了。后来体制改革，为了全面革新设备，也为了适应城市发展的需要，整个厂搬到了新规划的工业区，这一片就被整体废弃，到处都是破损的装置，满地杂草。此时在整个工厂的西南角已经围了一圈人，辖区派出所的民警、法医团队、痕迹勘验团队都已经就位，还有四个人或蹲或站地聚在一边——倒是没有什么

额外的围观者，毕竟太过偏远，附近也没有什么民居，会来这里的人很少。

现场弥漫着浓烈的腐臭味道。

阿特一眼就看到了陈学钢。苏琳去了解现场状况，他则先朝陈学钢走过去。

陈学钢的脸上满是苦色。连他在内，一起的四个人脸色都不好。看来直面尸体（疑似）的事让他们很难受，这股浓烈的味道也不是一般人能承受的。

阿特带着他们再稍微远离一点。"没事了，事情我们会处理的。感谢你们报案，这一次，你做得很好。"他拍拍陈学钢的胳膊，来自偶像的肯定似乎让小伙子打起了一点精神。阿特说："说说吧，你们怎么跑这么远来了？"

"我们就是来探险的。"陈学钢瞟了一眼周围，"本来这儿吧，好多人都来过，也没什么意思了，就昨天突然有人说自己来玩的时候，发现了一些奇怪的痕迹，还贴了照片。"他边说边展示了手机上的图片，有什么红脚印、半个白花花的疑似人影、悬浮在半空的石子。阿特疑惑地看了他一眼。这些东西，假得过头了吧？

陈学钢的脸上浮起尴尬的红晕。"是，是小杨感兴趣，我们都是陪他来的。"他往剩下三人的方向一指，具体也不知道指的哪一个，"我们昨天晚上商量好了今天过来，没想到……人家说的奇怪痕迹没看到，倒是，发现了，那个……"

他越说越小声。阿特则拿过他的手机，发现页面上是个微信群，之前有人展示图片就是在群里。他往下拉了拉，这几人商量要过来也是在群里。他一边拉回去，点击展示图片那人的信息来看，一边嘴里问道："你为什么说这个案子和江民羽被杀案有关联？"

"我刷到那个帖子了！就我们报案后突然蹦出来问你行不行的那条！"这话让阿特脸色一黑。"而且这个人，"陈学钢的手指在手机屏幕上戳着，"这很明显是故意诱导我们过来嘛！我是'老粉'了！这一边诱导我过来，一边发帖子挑衅你，那还能是什么！跟我们都有关联的，就是江那个谁的案子嘛！"

对。阿特看着他的眼睛，他在笨了那么多次后终于灵光了一回。

这也是阿特的推导。但这样联系的话，还有一个名字也呼之欲出——那么，这个人为什么要放出这么明显的诱导？他不应该着急站上前台啊！

阿特问了一圈后走进现场。

黑色垃圾袋已经被打开，里面果然是一具遗体，因为腐败而肿胀着。但仍能从外观上判断出是个女孩，从衣着看应该比较年轻。阿特突然想起了天眼成立后经手的第一个大案，想起了同样年轻而惨遭毒手的谭思雅。他始终想不明白的是，这世上为什么总有一些人，能够那么轻易地夺走别人的生命呢？

苏琳走过来，递给他一个口罩。阿特边戴口罩边问："情况怎么样？"

苏琳摇头道："不太好。从腐败情况来看，死了应该有两天了，而这周围虽然不太有人过来，但日晒雨淋的，会破坏不

少线索。"

尸体会说话，但这些话会迅速湮灭在时间中。

"我有一个猜想。"

"莫子今？"苏琳边说边斜了他一眼。

好吧，这确实太明显了。不过明显不一定代表真相，且不说一切都要用证据来说话，光是陈学钢的一面之词就不能完全采信。

甚至，他也有可能是那个做局的人。

"老粉"，不就代表着他对阿特有强烈的关注欲，并高度熟悉吗？顶着那么浓烈的恶臭跑过来看，不也显出了几分刻意吗？

苏琳说："刚才老刘跟我说，凶手很仔细，把现场打扫得很干净。至少没有明显的脚印和拖拽痕迹，也没有轮胎印，现在他们要到远一点的地方去找。"老刘是痕检组的组长刘奉清，和苏琳是相当熟了。苏琳又说："不过这样一来，凶手还是会留下一个破绽……"

阿特也表示同意道："他在这片区域的停留时间就会变得很长，无法解释的长。"

这就要查监控了。虽然旧厂这附近没有，但这地方也不可能腿儿着过来，必须得开车，而车行的选择就没那么多了，要通过周边监控来找出怀疑目标，相对容易。

法医很快把遗体运走了。阿特招呼陈学钢等人上了他的车，要他们回局里正式录一份笔录。人太多，苏琳跟了法医的车。

至于陈学钢他们开来的那辆车则留在原地，痕检组的人还在检查，那车没勘察完毕，只能先放着。

回到101，阿特才和其他人完成信息同步。

江民羽案的凶器找到了，尺寸和形状都与江民羽身上的创口对应得上，但其他的还需要进一步的检测，包括指纹、血液情况等。乔琳琳也找到了。果然如薛檀君所言，她被锁在他的办公室里。虽然薛檀君给她备了大量食品和水，但两天的监禁还是让她脸色苍白，神色萎靡，已经送到医院去做进一步的身体检查。至于薛檀君这边，已经和医院完成沟通，尽管赵琴芝闹了一场，但还是在医生的极力劝说下选择了配合，医院不耽误治疗。

但网上的情况很不好。

命案相关的帖子已经删除了，但对于网民来说，一个令人震惊的夜半杀人案还没破，又出来一个旧厂弃尸案，这本就有些冲击接受能力。尤其发帖人还接连"曝光"，说这两起案子都由警队"网红"阿特的队伍操办，这样的队伍，真的有能力查清真相，保卫人民群众吗？

千江市委政法委书记和市委宣传部部长的电话也先后打来，责问为什么会出现这么严重的舆情。这一波压力，常务副局长王匡正给扛了。具体怎么和领导说的，他没有提，只是转头给阿特打了个电话，要求他必须"迅速、清晰地"查明真相，及时向公众公布。

当时阿特把车停在路边接听电话，听到要求后，郑重其事、中气十足地回了一声："是！"

鉴于发帖人在线活跃时间较长，这一次，警方抓到了他的尾巴。

其实还真是如阿特所料，最终追查出来的地址，正是莫子今的当前住址。答案揭晓得如此之快，倒稍微让阿特不适应了一下。

不过这暂时还只能证明，莫子今是发旧厂弃尸案照片的人。至于他与弃尸案凶手的关系，他与赵维义案视频、旧厂"奇怪事件"照片是否有关联，他在江民羽案中到底扮演着什么角色，都还需要全面而细致的追索。

但警方找到那个地址时，并没有找到莫子今。而辖区派出所的人也不知道他去哪儿了，又是何时离开的——闻言阿特叹了口气。虽然他拜托过对方盯紧莫子今，但这种情况下反而不好多说什么。这是携手共同努力的时候，而不是互相指责分派责任的时候。

那只能用笨办法了：遇事不决，问"天眼"！既问遍布大街小巷的监控系统，也问真正的天眼——老百姓！"警察阿特"的线索征集再次开动起来，要织出天罗地网，将潜藏的游鱼"网"出来！

这部分事情被交给了陶美娟和刘天明——其实也不止他们俩，现在市公安局但凡能抽出手的人都在跑这个案子，齐心协力求一个"尽快"。阿特则带着其他人追查死者这边的线索。

第三十七章
追踪

死者的身份信息并不好找。因为其随身只穿着内衣裤，没有任何显示身份的东西，体表的一些特征也不免因腐败而损坏。但是既然已经怀疑到了莫子今头上，排查他的人际关系网，倒真的找到了死者的身份。

何欣雅，22岁，千江市下辖洪敏县人。无业，在平台上做直播，算是个小网红。体表有多处创口，但都不致命，部分无生活反应，应为移动过程中造成的损害。颈部有明显的手指和指甲扼痕，显示死因为因扼颈造成的机械性窒息。遗体因被装在垃圾袋里，加速了腐败进程，而经对胃容物等的检查，推定死亡时间在两天以内。

确认身份信息的材料来自莫子今的居所……是的，去抓莫子今没抓到，但在他的住所里发现了大量属于何欣雅的东西。各种身份证件全都存留，甚至包括为牙齿正形而拍的 X 光片。

就是这张 X 光片让痕检组确定了死者的身份。

不过两人是同居关系，这倒是挺出人意料的。为什么莫子今会突下杀手呢？

从何欣雅遗体上仅着内衣裤来看，甚至莫子今家很有可能就是案发的第一现场。

房间是典型的两居室，主卧北向，次卧西向。根据生活痕迹判断，两人并未同居一室，莫子今住在主卧而何欣雅住在次卧。次卧床边的椅子上搭着几件女性外套和长裤，很可能就是何欣雅在遇害前脱下的；而床上的床单、被子呈现出扭曲的状态，相当符合死者在被害时肢体挣扎的情形；且在床单上发现少量较新鲜的血迹，结合死者手指甲里有部分血肉的情况，疑为命案发生时凶手所留。除此之外还从床上提取到很多生物检材，但真要验证清楚，还需要一段时间。

从目前的状况来看，莫子今就是凶手的可能性相当高，仅仅因为各种证据都还需要时间来落实，所以没法下最后的定论。

这个结果虽然在意料之中，但还是让阿特感到很窝火。一想到自己头一天还在感慨莫子今小事不断大事不犯，而其实他已经手握人命，他就觉得气不打一处来——不，等等，他杀人是在来警局前还是来之后？

到底是什么事，让他谋害生命？

"你们觉不觉得有点怪？"苏琳也提到这个问题，"昨天我们还在说，这个人冷漠归冷漠，做事还算靠谱，虽然不是道德意义上的靠谱吧。怎么突然就犯了这么大的事？"

"受什么刺激了？"郭子敬插嘴。

苏琳看了他一眼，但还沉在自己的思路里，说道："而且……他家的这个现场，和抛尸的那个现场，给人的感觉也相当不同。"她看向唯一和她一起去过抛尸现场的阿特，"那边清理得很认真，不管能否做到干净，至少给人一种感觉，就是他在尽量湮灭线索、躲藏自身；而这边……简直就是把一切都摆在面前，几乎完全没有进行过处理。很……漫不经心的样子。"

她顿了顿，又说："总不能说他就那么自信，觉得我们不可能找到他家吧？"

阿特摇摇头。肯定不是这个原因。

郭子敬想了想说："他还有一个同伙？还是什么，人格分裂？"

"人格解离。"余烬纠正。

"对对，人格解离。"

阿特还是摇头道："证据呢？"

三个字让郭子敬变了哑巴。目前在莫子今的居所里没有发现第三人长期生活的痕迹，尤其是何欣雅所在，同时也是高度疑似第一现场的次卧，未见第三人的指纹或脚印。整个居所也没有破门、撬窗等破坏痕迹。至于抛尸现场那边，因为被打扫过，后来又被陈学钢等人破坏，要在其中找出有效线索比较困难。如果能找到运尸的车辆，应该能获取一波线索，但监控查询的工作量相当巨大，尽管痕检部门已经提取到了有效的轮胎印，推定了一些可能的车型，但想要准确地找出来仍非易事。顺便说一句，已经找交管所查过了，莫子今没有驾照，名下自然也没有车，如果他真的没有同伙，这车还不知道哪儿弄来的呢。

甚至在微信群里放出旧厂"奇怪事件"照片，引诱陈学钢他们去旧厂发现尸体的人，也是受了莫子今的委托。虽然这一条线索链还没完全落实，但发过来的那些截图页面并没有人为的痕迹。

这时候电话又响了。阿特拿起来一看，是楚门那边打来的。

阿特直接点了外放，让大家一起听。

内容很简单，就是同他们通报之前视频帖的追查结果。目前查到是有人委托发布，委托人将要发布的内容和酬金交给总包，再由总包根据不同平台和时段安排给不同的发布人、跟帖人、转发人，流程和找"水军"差不多。虽然委托人的网络身份不好追踪，但给的银行卡号倒是一目了然。经查，该委托人名为莫子今，其身份证明显示为千江市人，根据其开户行判断对方目前也确实生活在千江市，所以后续事宜要交回千江这边。

又是莫子今！或者说，果然是他。

挂掉电话后，阿特看了苏琳一眼。果不其然，这姑娘的脸色变得很差，嘴也紧紧抿着。

"这个莫子今，到底要干什么呀？！"郭子敬不耐烦地嘟囔一句。

"他和那些人有关系！"苏琳盯着阿特，恨恨地说。

那些人。

阿特并不了解赵维义案的全貌，但大体的情况他知道点。

两年前的某一天，一个叫林旭芳的女人给赵维义打电话，然后赵维义就出去了。当天下午，林旭芳从千江市有名的通海大酒店18层坠下，当场身亡，而随后赶到的警方在以其身份证登记的房间里发现了大量赵维义的生物信息，指纹、毛发、血液等，但赵维义本人却在离开酒店后不见踪影。次日，一条视频开始在网上流传——也就是莫子今委托发布的那条——并掀起轩然大波，因为配合着视频还有一段长长的话，大意是揭发千江市公安局刑侦支队民警赵维义作风不正，利用职务之便胁迫林旭芳与他保持不正当男女关系，后又在林旭芳渐渐成名而富有后向其索要财物，遭到拒绝便暴力相待。林旭芳多次躲避，甚至躲到酒店并找来友人相伴，但赵维义仍找上门来，双方冲突中林旭芳被赵维义推出阳台导致坠亡。

在阿特看来，这些当然不是真的，他看到的赵维义根本不是这样的人。由于视频中曝光了赵维义的样子，没多久，他就在城南一家药店被人发现，随即遭遇了围观和指责，甚至遭到殴打，幸而附近的派出所民警和就在周边执勤的交警一同赶来，将之送回了市公安局。

那时阿特已经被调到巡特警队，所以并不清楚在市局里发生的事，倒是因为听说人已经回了市局而松了一口气，想着很快就能洗清冤屈、真相大白。事实上也如他所料，在经历了一些询问后，赵维义并没有在市局留太久，当天晚上就回了家。

但舆论的热潮完全没有降温的趋势。赵维义的种种私人信息被放出来，数不尽的骚扰短信和电话、泼在家门上的鲜红的油漆、妻子外出时周围人的闲话、女儿在学校受到的欺负、被砸烂玻璃扎破轮胎的车……尤其是案件的侦破迟迟没有进展，警方始终没有拿出能让人信服的一套话来，让网友们的耐性急速下降。

阿特也打电话问过刑侦处的熟人，却得到一个让他感到有些难受的回答：警方掌握的部分证据，面儿上看来，确实指向赵维义！阿特直说不可能，对方告诉他，当然不可能，任谁都能看得出来现场有问题，莫名丢失的很多监控有问题，一些证人的证词有问题，但这些有问题叠在一起却能形成一个坚固的假象，如果没有足够有力的证据，根本就无法将之掀翻。但那些真正有力的证据，恐怕早已消失不见。

这绝不是一两个人能做到的。有一群人，有一张网，将赵维义和千江警方网在了中心。

更让警方意想不到的是，这些正在调查中的有问题的证据，突然被不知道谁给曝了出去。舆论再度掀起一波热潮。网友们这下是真的愤怒了。

就在这样的烈焰中，案发后第九天，赵维义从自家窗台一跃而下。

——后来阿特才知道，那天苏琳正好去看望师父。熟悉的人影就在眼前从空中跌落，化为烈焰下的一抔尘埃。

赵维义的死让整件事在舆论层面冷了下来。慢慢地，这件事不再有人提起。

甚至调查此事的专案组都撤销了。虽然阿特知道，很多人都没有放下这件事——他没有，此后申请调离侦查组的苏琳没有，在师父入土时红着眼眶说"一定会查清真相"的陆忠明没有，师父坠楼那天独自在办公室坐了一整夜的王匡正也没有——但日子像流水一般向前，在"那些人"没有露出破绽的情况下，有太多别的事等着他们去做。

那现在，是不是他们露出了一点破绽？

"冷静。"阿特还是那三个字，"证据呢？"

苏琳气沮，轻哼一声撇开头。

"这视频当时传得全网都是，莫子今能拿出来，并不代表他就是那些人中的一分子。"甚至如果将莫子今的所有经历和行为放到一起来看，不是的可能性更高。

虽然阿特也急切希望能够打开赵维义案的突破口，但世界并不以臆想为基础。

"行，那就先略过，反正这些事抓到他以后可以慢慢问。"苏琳回转过来，"现在最重要的问题就是，他在哪儿？"

"应该很快就会有结果的。很快。"

对于这个问题，阿特倒是很自信，比任何人都自信。网络确实是最好用的一种工具，它将无数的人联系到一起，使人之间的互动呈现出高频次、多角度的特征。它是放大场，是催化剂，极具加速了信息的传播。阿特相信，没人能真的逃过天眼的追踪。

到了下午 6 点多的时候，陶美娟突然站起来，转身看着他们说："找到了。"

第三十八章
坠落

又是阿特的天眼立了功。

找到莫子今的地方，是在城南一片老旧的商业街。说是商业街也不准确，那里本身是一片修得比较早的居民区，对面有一大片整齐排列的平房。后来城市发展，平房改为楼房，其中有一部分就空出来成了市场和居民活动区域。世纪之交的时候这一带因为居住集中，自发的商业行为逐渐兴盛，政府干脆沿着原本的市场和延伸出去的街道修了两排双层的临街商铺。在个体经济极为活跃的时代，这里还是红火过一阵的。

只是没多久大型购物中心开始兴起，这条街渐渐地就不再被人提起。生意还能做，但人流量大大减少，最终逐渐沉默在时代中。

在这样的地方，小商铺和杂居的租客们自己装的摄像头并不少，何况现今社会几乎人人都有智能手机，只要有人的地方，就有镜头。

在双重的天罗地网之下，莫子今终究无所遁形。

这一次陶美娟哪怕慢一点，也把所有投稿来的视频和照片统统过了一遍软件以确认真假。直到终于在鉴定无人工痕迹的照片中确认了莫子今的身影，她才赶紧通报给大家。

阿特迅速领着天眼工作室的人赶赴"爆料"的地方。

那是商业街后面一栋七层高的旧楼房。有人拍到莫子今走进了二单元，但二单元有14户，具体他进了哪一户就不得而知了。

阿特等人赶到的时候周围已经围了一些人。有该片区派出所的民警，也有刑侦支队另一个侦查组的人。还有追踪过来的网民以及一些被热闹吸引的住户和商家。阿特稍微皱了皱眉。不过还好，这种围观没有到惊人的地步，总的来说还散得比较远，至少安全上不太需要担心。

和陶美娟的实时沟通仍在进行，目前没有人拍到莫子今从此处离开的画面。官方监控也把重点放在了周围的街区，同样没有看到莫子今外逃的迹象。

要么他就还在这楼里，要么就是整个出了大错。

在场的警察们商量了一下，派出所的民警们散在外围，一方面监控周边，一方面阻挡看热闹的群众，并负责同后续赶来的人员交流情况——如果有的话；天眼组和另一组的人则准备一起上楼看看，大不了挨个敲门。只要他还在，那么一定会激发一些反应的。

阿特他们都带着泰瑟枪，而另一组的人则全部配装实弹。

但就在他们即将上楼的时候，三楼的其中一家突然传来一片嘈杂声，有男人的低吼、女人的惊叫和巨大的撞门声。阿特和另一组的负责人相互看了一眼，转身就要冲进楼道，楼上传来一声暴喝："都不准动！不然我弄死她！"

警察们的脚步陡然停下。

抬头看去，莫子今出现在三四楼之间楼道的窗户边。但他不是一个人。他手里抓着个年轻女孩，右胳膊拢在女孩脖子上，看不清手中是否持有利器。女孩的额角有着大片血迹，或许正是刚才冲突的结果，也导致女孩似乎陷入了半昏迷状态，在他手里不太清醒的样子。

"莫子今，别再错上加错了，放开那女孩跟我们走，一切都还有可能！"

阿特心里抽了一下，赶紧喊了一句。

莫子今显然不以为然。他往外探了一下头，在看到警察们手中的枪时迅速地缩了回去。

"呵呵。阿——特警官！我给你的礼物你喜欢吗？"

"你跟我们回去后，我慢慢跟你聊呗。"

"跟你聊啊？不好意思，我嫌恶心。"莫子今的声音听起来漫不经心，一点都不像已经走投无路的人，"你们也就是仗着比别人更有资源，但其实呢？需要你们的时候，永远都来晚一步。"

他带着讽刺的音调说完这些话，扯着女孩往楼上走。边走边喊：

"别动啊！有人动，我就弄死她！"

但谁会听他的呢？警察不可能任由犯罪嫌疑人摆布。阿特和另一组的负责人一对眼神，彼此就明白了对方所想。阿特这边全是泰瑟枪，除非近身，不然没有太大的作用，所以决定趁着莫子今与外界相对隔离的机会，由另一组的人分散开去寻找射击角度，以求能尽快解除威胁。

　　但莫子今却似乎猜到了他们的选择。明明身影还隐在楼道间，声音却远远地传出来："我说了别动！"

　　所有人的动作一下僵住了。

　　在不明确莫子今到底能否看到外面人动向的情况下，随意行动的确有点拿女孩的生命冒险。那就只能依赖于增援了。阿特看了余烬一眼。

　　余烬一直在与陶美娟互通情况。而此时，支队长陆忠明和副局长王匡正就站在陶美娟身后。

　　没过多久，莫子今挟持着女孩出现在四五楼之间的楼窗前。楼下的警察们全都站着，这情景似乎带给他莫大的愉悦。但笑容只在他脸上留了一瞬，他很快又变得凶狠起来，示威似的再度抓着女孩的头。

　　女孩轻微地挣扎着。

　　"莫子今，放了这个女孩，你还能为自己争取到宽大的机会。"阿特再次大喊。

　　"哈哈哈！你觉得我会信吗？阿特警官，你自己信吗？"

　　两人继续往楼上走。这一次消失得久了一些，但阿特并没有采取行动——他已经接到通知，已经有同事赶来增援了，分布在不同的楼里，各自瞄准。

只要莫子今再出现。

但随后再出现的只有女孩一个人。

"怎么样，是不是已经找好人准备一枪爆头了？她先死还是我先死，你们想好了吗？"

他的胳膊不再箍着女孩的脖子，但从女孩微微仰头的样子可以看出来，他正从后面抓着女孩的头发。他把女孩推在窗口，自己躲在女孩身后。

"怎么不说话了？哈哈哈哈！顺便再附送你一个消息吧！阿特警官，江民羽，是我让琳琳杀的！惊不惊喜，有不有趣？"

琳琳？叫得那么亲切，难道他其实和乔琳琳很熟？江民羽被杀案的局面似乎又变得复杂起来。阿特顺着他的话回答："很惊喜，很有趣。莫子今，你冷静一点，有什么事都可以谈。我们已经找到乔琳琳了，要不你下来，你们先聊聊？"

此时天已经黑了下来。路灯亮了，但老旧的楼道里不知道是没装灯还是灯坏了，仍然一片黑暗。莫子今没有回话。黑暗中隐隐约约传来一些声音，像哭，又像笑。接着，女孩再度被扯动，两人继续往楼上走。

阿特只是冷静地看着。脑袋里飞快地推演着各种可能，以寻求突破局面的机会。

终于，两人出现在六七层之间的楼窗处，照例是女孩被推着抵在窗口，莫子今隐在她的身后。这是最后一个楼窗了，再往上就是天台。

隔了一会儿莫子今的声音才再度传来。

这一次，不知道是距离远了还是他故意的，声音听起来很低沉。

"我不想要她了。你们救得了她吗？！"

刚说完，他突然又大笑起来，在"哈哈哈！"的狂笑声中，女孩被猛地从窗口推出来，惊叫着往下坠落！

所有人大惊。阿特是真没想到他会这么干。此时苏琳的身影突然从旁掠过，急速往楼下冲去，双臂伸展，似乎想接住跌落的女孩。紧接着余烬也冲了过去。阿特也赶紧跟着往前跑，但女孩坠落的速度何其快，黑影虽然被楼间的杂物阻了一两下，仍迅速掠过被路灯映亮的层层楼窗，与赶到其下的苏琳狠狠地撞在一起。

余烬赶紧扑过去查看情况。阿特大喊一声"快叫救护车！"，也不回头，直接持枪冲进了楼道。楼道里黑咕隆咚的，只有两层之间的楼窗处被外面的路灯映出一个橘色的方块。阿特稍微放慢了脚步。

外面闹腾腾的，但楼道里很安静。郭子敬跟了进来，还有另一组的两个人，但没人出声，相互间呼吸可闻。当莫子今把女孩推出来后，所有人的注意力都不免被那个可怜的女孩吸引，一下子，莫子今从视线里消失了。

他会去哪儿？上到天台，还是潜伏在楼道的黑暗里？阿特不认为他能跑得掉，但困兽犹斗，莫子今这种浑不拿生命当回事的人简直就是个定时炸弹。

但当阿特等人小心翼翼地上楼，却发现莫子今仍然靠在楼窗旁边，正对着他们上来的方向。弥散的路灯光映亮了他的侧脸。他笑嘻嘻的。

看到他们走上来，他突然抬高手机，当着他们的面在屏幕上一点——几乎是同时，阿特举枪扣动扳机。

高压电瞬间抓住了莫子今。但还是晚了一点。尽管被电得浑身抽搐，莫子今仍然——在他自己的意愿下——后仰着从窗口跌了出去。

阿特大吼着"闪开！"，紧赶两步奔到窗边，扶着窗台看向下方。

他不知道自己的警示是否起了作用……路灯下挤在一起的人群成了黑乎乎的一片，他什么也看不清。

第三十九章
动机

救护车走了。

阿特下楼后才知道，女孩已经当场死亡，似乎在半空就因为杂物的磕碰而折断了脖子。莫子今则是重伤，被抬上担架的时候还在抽搐，也不知道是因为脑出血的关系，还是电击的后续反应。苏琳被女孩砸中，晕了过去，余烬陪着她上了救护车。还有两个人被落下来的莫子今砸中受伤，现在也都送往医院了。

阿特重重地叹了口气。其实这个结果，真的不是他想要的。

因为有围观者的存在，这些事已经被即时搬到了网上。

现在公众集中地关注两个问题：他是谁？他为什么要这么做？

第一个问题的答案是确定的。即便警方没有公布，网友们也能自行凑齐对于莫子今的身份认知，尽管其中夹杂着很多似是而非的说法。但第二个问题却没人能答，而这也是阿特想要知道的。

他还留在现场。此时正戴着手套，在隔着证物袋看莫子今落在楼道间的手机。

手机没有密码，只要轻触屏幕，就能看到莫子今最后发在网络上的动态，也就是他当着他们的面发送的那条。一条微博，ID 就叫"子今"，粉丝 5 人，关注 3 人。刚刚发布的那条帖子就显示在他主页的最上方：如果警察有用，那么谁也不会死了。

这行文字就是他留在世上的最后的痕迹。

阿特想了想，他确实是对警察，以及作为警察代表的阿特充满了不信任和仇视。

他突然想起来，莫子今的母亲在遭遇家暴后曾经多次报警，但警察只是对他父亲进行批评教育，而没有采取别的行动。也许在他心里，正是这些警察的"不作为"，才使得母亲不能逃离暴力的阴影而最终殒命吧，而他自己的命运，也在那一天彻底地走上了别途。

唉。

但这不是伤害他人的理由啊。

把手机交给郭子敬后，阿特转身进了 301 的门。301 就是被推下楼的女孩所住的屋子。门是房东打开的，在网上看到这件事后他就赶到了附近，没想到出事的果然是自己的租户，这让他极为愁苦，开了门后就一直蹲在旁边唉声叹气。

女孩名叫李梦瑶，刚满 18 岁，在一家酒吧打工，偶尔也做点直播。她和之前遇害的何欣雅应该是朋友，在她的手机上发现了很多同何欣雅联络的信息，也因此和莫子今熟识，所以莫子今在察觉到正被警方追踪的时候便逃到了她这里。但桌上摆着的粉色笔记本上有一个未关的页面，其上的内容正是别人转发的莫子今发抛尸现场图片的那条帖子。不知道是不是因为看到了这个，李梦瑶与莫子今起了冲突。现场痕迹还在勘察中，暂时还不太清楚两人具体的动态，总之李梦瑶将莫子今赶出了门外，但没想到把自己也搭进去了。

阿特带着队伍离开李梦瑶家的时候接到电话，莫子今抢救无效，确认死亡。

没法再从他嘴里问出更多的事了。

第二天一早，阿特就听说，乔琳琳想见他。

阿特马上赶到了千江市第二人民医院——正是薛檀君住院的地方，不过警方很小心，没有让双方碰面，以免激化事态，发生冲突。

阿特走进病房，正看到乔琳琳歪在床上，看着窗外。听到有人进来，她回过头看了一眼，又转回去继续盯着窗外的树、树上的鸟。

阿特同她打招呼："你好，我是阿特。听说你想见我？"

女孩再次转过头来。她和乔建霞长得有几分像，但脸细细的，整个人都细细的。长过肩的头发显得有些干枯，眼睛底下有浓重的黑眼圈，整个人瘦成了缩在被子里的骨架。

但阿特首先注意到的是，她眼睛里有一种漠不关心、满不在乎的神色……像谁呢？

在近期看见过的……

对了，像莫子今。

"你是阿特。"乔琳琳重复了一次，"莫子今死了，是吗？"

头天晚上从楼上跃下的嫌犯在医院不治身亡的事，早就在网上报道出来了。乔琳琳知道也很正常。阿特点点头。

乔琳琳的表情没有任何变化。

"你们怎么认识的，认识多久了？"

"好几年了。"乔琳琳的声音没有起伏，但阿特还是听出了一丝叹息，"他在超市当理货员，也帮忙发传单，问我要不要做兼职。后来我们就成了朋友。"

朋友。听到这个词，阿特看了她一眼。莫子今的"朋友"都很不幸。

这点情绪变化似乎被对面的女孩敏锐地发现了。她稍微歪着头说："他是个很有意思的人。"说完笑了一下，"很擅长，发现人类的虚伪。"

阿特暗叹一口气。这些孩子的脑回路都不太正常啊。

——也不是。他垂下头反省自己。人在少年的时候很容易认自我为中心，又很偏激，如果缺乏好的引路人，即便不会走上歪路，也会在人格上留下许多伤痕，让后来的路走得艰辛。

"比如呢？"

"比如，薛檀君一家。"

"据我了解，他们不是对你很好吗？他们怎么虚伪了？"

乔琳琳抽了抽嘴角，似乎想笑，但还是没笑出来。

"对，他们对我很好。可是没有人问过我，是不是想要。"

她抿了抿嘴唇，"也不是说非要什么自主性，但别人送过来的好意，真的那么好拿吗？"

她的眼皮抬起一点，就那么从下方看着阿特，清秀的眉眼突然就多了几分犀利的味道。

"薛檀君，他是怎么看我的？他的眼神像蛇一样盘在我身上，以为我看不出来吗？

"赵琴芝对我好，是拿我当女儿，还是当她儿子的女朋友？为什么到处去跟别人说我俩感情好？

"薛川业，到底是喜欢我，还是喜欢一个女孩不得不跟在他后面，并因此引发好几个女生为他争风吃醋的感觉？

"他们对我好，是真的喜欢我这个人，还是希望收获'对我好'之后的好处？"

她没有笑，但阿特总觉得她脸上浮着一层嘲讽的笑意。

这姑娘，和自己之前想象的样子完全不同啊。

阿特深吸一口气。"是所谓论迹不论心，论心世上无完人。不管他们各自抱着什么目的，他们终究没有伤害过你。"

乔琳琳不置可否地垂下眼皮。

"所以，你是因为觉得不舒服，才去诬陷薛檀君？"等等，阿特顿了一下，"他确实没有猥亵过你，对吧？"

乔琳琳摇头。

"那你到底为什么……"

"不就是，想剥下他们那层'好人'的皮吗？"她的声音幽幽的，"没有人会一直是好人的。当他们发现他们养的是只白眼狼，他们期待的当好人的回报不会到来时，就会露出真面目。"

"但薛檀君到最后也没对你怎么样。"

赵琴芝只是在知道事情后给过她几巴掌，后来则是完全避开，不提，不见；薛川业的报复行为一直在持续，但也只是传传流言而已；而薛檀君，哪怕在重压之下选择终结生命，也没对她说过一句重话，采取过任何针对性措施。

"所以他是'最好人'的一个。不敢面对自己的欲望，也不敢反抗别人的欺压，只能戴着一张虚伪的'好人'面具……"

"那是他有道德，有良心！"阿特打断了她，这话是真的让他有些生气了，"你把人家一家好好的生活搅成那样，就没有一点愧疚吗？你说他们虚伪，难道为你的那些付出、给你的那些关心，都是假的吗？"

乔琳琳不说话。她甚至把头别过去，让阿特看不到她的表情。

"哪怕是现在，他还愿意说江民羽是他杀的，把罪名往自己身上揽……"

"所以说凭什么！"乔琳琳突然转头冲他大喊，"凭什么要免费教我画画，凭什么要带我回家，凭什么对我嘘寒问暖，凭什么给我钱给我买衣服，凭什么替我揽罪！让我像一摊烂泥一样沉下去不好吗？！"

阿特哑然。女孩的质问让他同时感受到对方对薛檀君一家存在的极深的眷恋和怨恨，在那撕心裂肺的喊叫声中有一种深沉的痛苦。这让他先前的指责变得肤浅。但是他不懂，这两种矛盾的情感为什么会同时出现，为什么要毁掉自己明明珍视的东西。

　　他想问，但又觉得不是好时机。也许先去请教一下心理专家？

　　他眼神闪烁几下，选择生硬地切换话题。

　　"说说，说说江民羽的事。"

第四十章
真相

　　乔琳琳喘了几口气，情绪渐渐平复下来。她盯着膝盖上的被子说："最开始是莫子今找我，说他很讨厌江民羽这个人，让我想办法接近他，'整一整'他。我就想办法跟他'偶遇'了。那天晚上莫子今过来找我吃饭，吃着的时候江民羽给他发消息，说他晚上就能'得手'，我就猜到他晚上会来找我。结果等了一晚上他也没来。

　　"11点多的时候我去睡了，但是睡得不踏实，老是醒。醒了我有点怕，就跑到厨房找了把刀拿着，但突然不知道为什么，觉得卧室黑漆漆的很可怕，就窝沙发上躺着了。

　　"再醒来就是江民羽来了。当时我一睁眼发现有个人正在旁边，吓了一大跳，下意识地喊：'谁在那儿！'结果他也发现了我，朝我扑过来。我一开始躲开了，但被他拉了回去。他使劲把我压在沙发上要亲我，我就使劲往下挣，挣到了地上。

他也跟着往下扑，我拼命抬着手挡他。突然就感觉到胳膊上湿湿的，他也慢慢不动了，我才想起来手里拿着刀，刀鞘不知道什么时候掉了。我吓坏了，赶紧爬起来开灯，才看见他脖子上全是血，我身上也是。

"我不知道该怎么办。第一个想法是，不能就这么满身是血的，所以我去洗澡换了衣服，把换下来的衣服装进塑料袋里（这包衣服后来在培训教室发现）。然后，然后我想我不能在这儿待了，我就跑了。"

"你跑哪儿去了？"

"我……"乔琳琳蜷起腿，把脸埋在膝盖间，"我回家了。"

"回家？"阿特疑惑。她家不就是案发现场吗？

"我小时候，我爸爸妈妈的家。"埋着头让她声音瓮瓮的，"离得也不远，走路也就20多分钟。房子是没了，但我很喜欢的那棵大桂树还在，我就在树下坐着，后来睡着了。"

阿特想象了一下那副场景，突然觉得心头闷闷的。再怎么说，面前的女孩也才18岁，刚刚成年。

"后来呢？"

"没睡多久就被一个老婆婆叫醒，问了情况后又给了我把椅子继续坐着。中间记不太清了，迷迷糊糊。后来薛老师给我打电话，问我在哪儿，我一顺嘴就说了，说了之后才开始想，他找我干什么。但我不知道他什么时候来的。我又睡着了，再醒来已经在出租车上。他说带我去他的培训教室。"

说到这儿，乔琳琳突然停下来。阿特不知道她在想什么，但他自己却想起了那张《向日葵》。他不懂画，但那张画里踊跃的生命力还是给他留下了印象。但现在眼前的女孩却像一副褪色的画，失去了鲜活与光彩。

"我……我也不知道为什么，跟着他去了……到了他才说，让我待在那儿，哪儿也别去。他把我锁在里面，还，还砸了我的手机，我没法和外面联系……一开始我骂他，打他踢他，后来我也累了。我想，他是不是终于要对我下手了……可他就是关了我两天……"

后面的也不用继续说了。

乔琳琳的脸上显出一些疲色，但阿特还有挺多问题想问的。尤其是，乔琳琳和莫子今，他们怎么会成为朋友；乔琳琳污蔑薛檀君，到底出于何种心理——刚才她脱口而出的那个"薛老师"，明明表示在心底里她仍然尊重着这个人；作为莫子今的"朋友"，她能否猜测一下，莫子今为什么会突然变成一个心狠手辣的杀人犯……

但是……看了女孩一眼，他放弃了继续询问的想法……

从乔琳琳那儿离开后，阿特站到了薛檀君的病房前。

他有点犹豫。

虽说头一天的询问被打断了，但阿特想知道的答案已经知道，并不用再去打搅薛檀君。

在莫子今的居所里发现了他其他的手机和电话卡，其中有一张卡上存在案发当日早上6点7分拨出电话的记录，而拨出的正是薛檀君的号码。

看来是莫子今把薛檀君叫到现场的。曾经阿特推测是莫子今和乔琳琳合谋，但从刚才乔琳琳的叙述来看，她对此并不知情。

但莫子今这么做的理由已经无从得知了。

或许是为了帮乔琳琳脱罪，或许就是图个乐子，在莫子今身上，似乎都可能发生。

而薛檀君在进入现场后做了什么，也从莫子今那儿找到了答案。

他的其中一部手机里记录了一段画面。薛檀君从并未关闭的房门进入现场，首先便看到了倒在血泊中的死者，但他先是在屋里各处找了一圈，确认了乔琳琳并不在家里。随后他站到尸体面前，犹豫了一段时间后，拿起掉落在地上的刀往死者腹部捅了几下，在脖子上又割了一道，然后提着凶器跌跌撞撞地走了出去。

从拍摄的角度看，当时手机被放在客厅角落的柜子顶上，那里不可能藏下一个大活人而不被薛檀君发现，所以很可能莫子今是用远程操控的办法来拍的。在薛檀君离开后他再回来收回手机。

毕竟，没有监控拍到莫子今是何时进出小区的，他在现场及周边的停留时间很可能超出原有的预计。

而这段视频也很可能就是莫子今把薛檀君叫来的原因。

在整个事情中，薛檀君其实是个无辜的受牵连者。但也是他自己，选择了涉足其中。

毁坏遗体、伪造证据并破坏线索、非法监禁他人。虽说其目的是为了保护乔琳琳，最后在法庭上法官也许会酌情轻判，

但罪证都是实打实的。

一个干净一生，清高到为了名誉宁愿去死的读书人，却终究为了一个曾经背叛自己的人而浑身沾满污泥。

这到底是怎样一种感情呢？

不过对于薛檀君来说，还有一场更重要的命运审判等在前面。期望他能够尽快顺利完成手术吧。

站了很久之后，阿特终于还是放下了敲门的手。

第四十一章
解脱

事情最终尘埃落定，又花了一段时间。

之前一直被各种事推着赶着，很多东西其实都只凭推论或口述，没有充足的时间落实到证据上。现在主要的相关人员都已在掌握中，可以认真地把程序一步步推下去了。

乔琳琳在确认身体无恙出院后被实施拘留，她所说的内容都需要更仔细的调查来验证真伪——虽然有些内容在之前的调查中已有佐证，比如薛檀君的打车记录。

但她毕竟是造成江民羽死亡的直接关系人。按她自己的说法是正当防卫，这也符合一开始了解案情后众人的想象，但正当防卫有严格的认定条件，需要认真判别。他们把乔琳琳带回家，请她做详细的现场说明，同时余烬那边也做了很多 3D 动态推演，结合现场遗留的哪怕最微小的痕迹，来推断最符合当日情景的过程。

在她刚刚被找到，送进医院的时候，乔建霞来看过一次。只是那时候乔琳琳也不知道是真的太虚弱了一直在昏睡，还是闭着眼睛装样，总之并没有与她姑姑打照面。等到她被送进拘留所后，乔建霞又来过一次，在被告知拘留期间不予会面后就直接离开了，连一句话也没有多留。

薛檀君这边则稍稍起了点波澜。与案情无关，是他的手术时间终于定下来了，而在手术前一天，他提出想见见乔琳琳。

赵琴芝和薛川业都相当反对，但还是把这个想法反映给了警方。阿特知道以后，专程跑过去看了他一趟。

在得知无法会面后，薛檀君长长地叹了一口气。

"有什么话，我可以帮你转告。"阿特轻声说。

"其实我也没什么特别的事。"隔了一段时间，薛檀君又憔悴了许多，病痛让他躺着的姿势有些扭曲，"我……我就是怕明天，出不了手术室，想跟她说一句，一定要好好的，一定要好好的……"

"好，我帮你转达。"

但乔琳琳听不听，那又是另外的事了。直到现在她也还不知道薛檀君病重的事，如果明天他真的有什么不测……乔琳琳会怎么想呢？

薛檀君深深地看着阿特。

"我一辈子，就是个普普通通的老师，教一些普普通通的学生，也就遇见过两个有天赋的，还都……还都尽遇上些，不好的事……琳琳，其实也是个好孩子，你看她的画，就知道。但是她不相信……"

"不相信什么？"

阿特表示疑惑。

薛檀君没有给他明确的回答，只是顺着自己的思路继续往下说："人呐，还是得，心里有光才行。警察同志，你帮我，帮我拿一幅画给，给琳琳吧。老赵知道，我专门有个箱子，在家里，老赵知道……你找找，还有一幅，《向日葵》……"

阿特答应下来。他不知道一幅画能有什么作用，不过这是薛檀君的寄托吧。

之后便没更多的事，他起身告辞。不过走之前他又停下来。

"最后一个问题。"他看着薛檀君的眼睛，略带叹息地问，"你应该劝她自首的，为什么不？"

薛檀君长长地叹了一口气。"是啊，该让她自首的。我只是……"他看着阿特，"如果你看到，自己的女儿，杀了人，你能那么理性地，劝她自首，自首吗？"

女儿。

"在那件事之后，你还当她是女儿？"刚一说完，阿特就在心里自己摇头。其实没必要问的，如果不是这样，薛檀君怎么会一接到莫子今的电话就赶过去？

而薛檀君也没有答复他，只是脸上挂了个浅浅的笑。

阿特祝他手术顺利，然后便跟着赵琴芝去了他们家，在她的指点下果然看到了一箱子收拾起来的旧画。轻手轻脚地把它们都拿出来一幅幅翻过，直到那片灿烂的橙黄色出现在面前，画的右下角有个小小的"薛"字。阿特眯着眼打量着这幅画，比之乔琳琳画的那幅，热烈不足而温煦有余，倒也挺符合他们两人性格的。嗯……他毕竟还是不懂画的语言，就这么转交给乔琳琳吧，她应该能明白薛檀君究竟想说什么。

正待起身，却看见下面一幅画的角落里，写着一个"旭"字。

旭……难道是，林旭芳？

他赶紧向赵琴芝求证。"请问这幅画……"

赵琴芝看了一眼。"这是旭芳画的。"说到这儿，她突然瞪着阿特，过了两秒才嫌恶地扭过头，"你不要乱动旭芳的东西！"

阿特讪笑。他才想起来，在大部分人的认知里，林旭芳仍然是被赵维义害死的，赵琴芝大概是想到这一点，连带着对同为警察的阿特也没了好脸色。

他小心翼翼地把画放回去，问道："就想同您了解一下，林旭芳是个什么样的人呀？"

赵琴芝冷笑道："你们警察了解得还不够多吗？"

呃……这话让人怎么接。阿特决定闭嘴了。说到底，他连这个案子的卷宗都没仔细研究过，也确实没有什么问话的底气。

不过，如果真要重新查这个案子的话，倒真能到这儿来暨摸暨摸线索。听薛檀君的意思，他对林旭芳也是比较亲近且认可的，赵琴芝对其的称呼也很亲热，他们对她的事应该比较了解——不，不能这么单刀直入。正因为是亲密的关系，所以两年前警方应该也系统地向他们打听过林旭芳的事，当时没有找到突破口的话，要么说明他们所知的没有什么值得深究的，要么说明，"那些人"曾经把手伸过来，遮掩了什么。如果自己太过直接，也有打草惊蛇的可能。

脑子里想着事，手上的动作也没停。但在放回画板的时候，他突然看到油画板的上方记了一串数字。数了数，一共11位。手机号？

先记下来。他快速地拿手机将数字拍下，再认真放好画，带着那幅《向日葵》告辞离开。

把画交给乔琳琳后，阿特又去了医院。

苏琳所在的医院。

当时她着实伤得不轻，只是幸好在有准备的情况下，避过了要害的头颈部，而前伸的双臂也起了一定的缓冲作用。就这样还是左前臂尺骨、桡骨骨折，左侧锁骨骨折，右臂桡尺远侧关节骨折，多处软组织挫伤。伤筋动骨一百天，她这下得在医院好好待一阵了。

入院的第二天，阿特就来看过她。当时她因为颈椎错位还戴着牵引器，对于阿特说她是"傻子"的话只能勉力翻个白眼，连扭头不看他都很难。不过确实是很傻。想就这么凭肉体凡胎接住一个从空中跌落的成年人，根本是痴心妄想，受伤也是咎由自取。只能说她确实是脑子一热，冲动了。

阿特坐下来问："心里是不是好受点了？"

苏琳的眼里浮起一点忧伤，说："其实还是没救到人。"

"那种情况很难救了。但至少这一次没那么憋屈吧。"

"……算是吧。"

之后他们略过了这个话题。也许当年的那一幕还在她心里留存很久，需要很长很长的时间才能慢慢消化，但只要有心，

什么坎儿其实都是能过去的。

"有时候我会觉得，在天眼的这段时间，受到的冲击很大。"苏琳喃喃地说。阿特也知道，那件事后，她一直对网络有着很深的顾忌，偏偏天眼始终活跃在网络最前线。大部分情况下苏琳不会表现出来，只有情绪最受激的时候才会说一两句。

阿特斟酌着语句，接着说："网络只是工具，我们面对的还是人，只是人的各种反应被网络集中和放大了……"

"我知道。"苏琳轻笑一下，"替我谢谢余烬。"

余烬？阿特一下没反应过来，只当她在感谢余烬送她入院，又一直忙前忙后。

"嗯，嗯。"他含混地应下。

之后一段时间他没再过来，毕竟有很多事情要做。天眼的人轮换着来看她。苏琳的妈妈也赶了过来，不过余烬安排的两个轮班护工都热情周到又技术娴熟，让苏琳妈妈也不至于太辛劳。

这一次过来，一是事情即将告一段落，二是从乔琳琳处出来后，他心里有点闷闷的，想找人聊聊。

"她什么反应？"苏琳好奇地问。

此时苏琳好多了，虽然还打着石膏吊着绷带，但精气神已经恢复了以往精干的样子，倒衬得对面很是忙了一阵的阿特显得有几分萎靡。

"她……想毁画。"阿特苦笑，"当然，被拦下了，不然多可惜啊。她今天也确实是要做心理诊疗，我到的时候诊疗已经结束，不过医生还没走，看到我拿了画来说要观察一下她对刺激源的反应，就跟我一起进去的……当时乔琳琳咬牙切齿的样子，还挺吓人的。"

苏琳听得皱眉。"她到底怎么回事？"

"就还是抑郁。怎么说的来着……焦虑引发的抑郁。"

"焦虑？"

阿特摇摇头。"具体的情况不清楚，就听了一耳朵。大体的说法是，在成长期严重缺乏关爱和安全感的人，很难形成对情感的正常反馈机制。别人的好意在她那里有可能是一种负担，因为她的第一反应不是接纳，而是偿付。长期无法偿付就会引发焦虑乃至恐慌。这种时候她去贬低或攻击对方，是出于一种平衡双方的心理需要，并不是……"

"并不是真正的恨。"苏琳补充道。

"对。但这也不是她真正想要的，所以并不会缓解焦虑和抑郁，反而进一步加重，甚至可能引发自毁倾向……"

"自毁……"苏琳念着这个词，"这就太糟糕了……"

"是啊。但这也不是我们能干预的，交给医生吧。"阿特想了想，"对我们来说，要关注的只是这种自毁倾向会不会同时毁灭别人……毕竟对受害者而言，无论加害者自身处于什么状况，伤害就是伤害。"

"如果没有遇到莫子今，事情会不会不一样？"

"很难说。可能会吧，毕竟人总是相互影响的。但也可能不会。怎么说呢，我还是觉得，决定一个人的是他自己的本质，就算没遇上莫子今，可能也会有莫子明、莫子后，问题本身就存在的话，总会有某个人、某件事来引爆的。"

苏琳点点头。"可惜莫子今死了，我们也不知道他和那些人到底有没有关系。"

这倒提醒了阿特。他摸出手机，找出那张拍着数字的照片。

他把照片来源大略说了一下，苏琳听得很认真。末了阿特说："我找运营商查了一下，这个号码已经停机了，但还没重新分出去。在停机前所有人叫杨世豪，这个人你有没有印象？"

苏琳很认真地想了想，说："不太清楚。应该没听过。"

阿特说："行吧，之后我会抽空查查，想办法摸摸这人。"说完，笑着冲苏琳晃晃手机，"你看，总会有路走的。"

第四十二章
尾声

差不多就在薛檀君被推进手术室的同时，天眼小组将"江民羽被杀案"及"莫子今杀人抛尸案、劫持杀人案"的相关资料移交检察院。过了一段时间，检察院判定乔琳琳为正当防卫，不予起诉。在她重获自由后，根据她本人的意愿，警方为她更易了身份信息，更改住所，重新登记学籍。所需费用由新住所的街道为其垫付，其本人将在 5 年内全部归还。

而薛檀君则被提起公诉。法院最终判处他三年有期徒刑，缓期两年执行。

这样的结果其实引人唏嘘。薛檀君仿佛为了本不必要付出代价的事而付出了沉重的代价。

但他这样做，却又实践了他心中的善意——尽管其行为不可取，但就他自己而言，也许是最好的选择。

顺便说一句，他的手术成功了。虽然医生严肃地表示复发和转移的风险仍然较高，不过至少在眼前，他的生命得以延续。

而整个案子走到这儿，也总算是画上了句号。

虽然阿特心里仍然藏着很多问题。比如他再也不可能得到答案的那个——莫子今到底为什么，突然改变行为模式，杀了何欣雅？他没在现有的物证中查到任何能够指向杀人动机的东西。后来他也就这个问题和乔琳琳聊过，但乔琳琳也不知道。

得不到答案的事只能暂时放下。虽然阿特也不清楚自己为什么那么记挂这件事，但他这个人有一点好，崇尚坚持但并不执着，不会让自己的心情陷于困境中。日子必须往前过，也许走着走着，答案会在某个不经意的时刻自己蹦出来。

就像他突然碰到的那个手机号。现在他已经知道这个杨世豪是何许人了，过段时间可以想办法接触接触——但不能自己去，直接上门的话目标太大。见招拆招吧。以前是那些人躲在暗处，但他们终归会被一个一个揪出来，真相终会大白于天下。

事情终于结束的这一天，余烬突然提出要请全体人吃饭，并且声称他已经全部安排好了，所有人只要带着嘴去就行。这个提议得到了刘天明和郭子敬的强烈欢迎。只有阿特警惕地问："你安排了去哪儿？"

他怕这富二代弄得规格太高，影响不好。

"我家。"

……行吧。

这一天，苏琳也出院归队了。

而且还是带着档案归来，这下她才算是正式调入天眼小组。

几个人都给这一出弄呆了，谁也没留心这个问题，一起共事了这么久，原来之前苏琳一直算借调？不过紧接着就是一派喜气洋洋，正好余烬请吃饭，这下人可齐了。

"余烬你好厉害！"陶美娟拍着余烬的胳膊，"能掐会算啊你这是。"

苏琳抿着嘴笑。

阿特见余烬的脸红了。正想开几句玩笑，突然想起苏琳的护工是余烬安排的，那他知道她出院归队的时间也很正常嘛。……等等，那他脸红个什么？

他盯着这个小老弟。小老弟盯着地板默不作声，倒是不露破绽。

他又看向苏琳。苏琳的左臂仍然打着石膏吊在胸前，现在正捏着腰间，和陶美娟抱怨住院期间活动太少，人都长胖了。

他摸摸因为太忙而忘了刮的胡茬，有些摸不清到底是怎么个情况。

不过这些都不要紧。

阿特后退半步，看着眼前凑在一起的一堆人。

陶美娟还是很活泼。她不是队伍里冲在前面的人，但大量的后台工作都是她在负责，用她的柔和轻快面对着网络。

刘天明和郭子敬有时候像是一对活宝，但一旦有事交给他们，又是一对辛勤的老黄牛，任劳任怨，在整个工作室算是加班最多的，大量的线索都靠了他们的清查。

余烬也和一开始不一样了，虽然说话做事有时还是一愣一愣的，但变得更加细致、周全。

苏琳……他笑了一下，或许因为集体的感染，或许因为慢慢开始放下心结，这个小师妹变得活跃了很多，眉眼弯弯的样子竟然显出几分稚气。……这就是她当初跟在师父身边时的样子吗？

想到此处，他笑了一下。

他心满意足地看着自己的小团队，突然生出了无限的勇气。

他们的成绩证明了上级成立天眼的决定是对的，而将来，他们还会交出更好的成绩。

"出发！"

阿特意气风发地喊了一声。一群人闹哄哄地往外走。只是还没走出市局大门，陶美娟突然举起手机喊："特哥！后台有人报案！"